中公文庫

ゆりかごで眠れ（下）

新装版

垣根涼介

中央公論新社

下巻　目次

ゆりかごで眠れ　下

第二部　邂逅

1

朝。

十時――。

愛人のマンションで、武田《たけだ》は目覚めた。

ベッドの中。女の体液と武田の精液の匂いが、まだ濃厚に籠っている。ゆうべ二人でコカを吸引し、その快楽に任せて何度か膣内に放出した。そのまま眠りについた。

横に転がっている女の裸体。口を半ば開けたまま、いぎたなく眠りこけている。

武田より十五歳年下の二十五。歌舞伎町のキャバクラ嬢だ。

この店の経営者とは、古くからの付き合いだった。極道者だが、いわゆる対暴法施行後は、フロント企業の社長へと転身した。お互いに持ちつ持たれつの関係。「首なし」の銃を用意してもらう見返りに、いろいろと便宜《べんぎ》を図ってやる。一般人に迷惑が及ばない範囲の軽犯罪なら、見逃しもする。

何度も店に通ううちに、この女の顔を覚えた。コカイン中毒なのは、そのいかにも気だるそうな仕草《しぐさ》と、時おり鼻の頭を赤くしていることですぐに見当がついた。いわゆる正統派の美人ではないが、妙に男好きのする顔立ちと雰囲気を持っていた。独特の退廃感も好みだった。

「和美《かずみ》は、いい娘《こ》ですよ」古馴染《ふるなじ》みの経営者は言った。「馬鹿で、コカのこと以外は何も考えちゃいない。でも口は重い」

あんたの自由にしてもいい、ということを暗にほのめかしていた。

武田はその女のために店で二、三度金を使い、アフターに連れ出したときにコカを与えた。和美は喜んだ。和美は収入のかなりの部分をコカに使っていた。下落合《しもおちあい》の今にも崩れ落ちそうなボロアパートに住んでいた。

だから武田はこの女のためにマンションを借りてやった。暴力団からの礼金。今でも月に三十万ほど貰《もら》っている。それを充てた。与えているコカは、摘発したものを後でこっそりと署内から〝摘《つま》んで〟きたものだ。和美が武田の存在を歓迎しない理由はどこにもなかった。

サイドテーブルの上の白い粉。

ストローを手にとりかけ、止《や》めた。昼までには署に出なければならない。吸引すると、二時間ほどは毛穴から匂いが発散する。鼻の利く署員に感づかれる恐れがある。

そこまで考え、苦笑した。

組対課の同僚たちも馬鹿ではない。おそらくは感づいている。ただ、今までの武田の実績。そしてこれからも見込まれるであろう銃器の検挙数。それは署全体の成績にも繋《つな》がる。それ以外にも雑多な事件の裏情報を、武田は易々《やすやす》と集めてくる。薬物、殺人、暴力団同士の抗争。捜査にも役立つ。だから決定的な証拠が出ない限りは見て見ぬふりをしている。そしてそれをよいことに、やりたい放題の勤務態度をつづけている自分がいる。今日もそうだ。なんだかんだと言い訳をつけ、昼からの殿様出勤にした。

枕元のリモコンを手に取る。スイッチを押し、テレビをつける。朝はいつもそうだ。しばらくぼんやりとテレビを眺めてから、出勤の準備をする。

ニュースをやっていた。

ホテルと思《おぼ》しき建物の前に立っている女性レポーター。興奮した口調で何事かをまくし立てている。その背後に張り巡らされたキープアウトの黄色いテーピングが見える。

ぼんやりと見入っていたのは最初の四、五秒だけだった。すぐに事態を飲み込んだ。ボリュームを大きくする。

画面の右上に現れたテロップ。

「外国人集団殺戮《さつりく》　池袋での謎の惨劇」

とうが立ったわりには化粧の下手《へた》な女性レポーターは、なおも口を開きつづけている。

池袋西口に聳《そび》える高級ホテル・メトロポリタン・ビュー。被害者は、その最上階に二週間ほど逗留《とうりゅう》していたコロンビア人のコーヒー卸売会社の一団。昨日の深夜、何者かに襲われたのだという。七人の男性客のうち六人は、それぞれの部屋で他殺体として発見された。いずれの被害者も頭部を数発撃ち抜かれて即死。行方不明者は一人。エバリスト・ゴンサロ・アルディーラなる人物で、この卸売会社の社長だと言う。

裏口で銃を突きつけられ、縛り上げられていた従業員の証言によれば、午前一時三十分頃、複数名の襲撃者がホテル裏手に姿を現した。貨物専用のエレベーターに乗り込んで、最上階に向かった。フロントの従業員が階下のお客から（立て続けに爆発音がした）という電話を受け、最上階に急行したときにはすでに後の祭りだったという。時間にしてわずかに一、二分。正確な人数は不明だが、おそらくは最低六人以上の人間が一斉に各部屋を襲い、素早く現場を後にした。

その目的は定かではないが、ともかくも事前に入念に計画されていた襲撃であろうとのコメントも語られた。

襲った側。襲われた側。両者の関係はその殺され方を見れば一目瞭然だ。これだけの集団殺戮を一気に、しかも手際よくやるような連中は、日本人の組織には存在しない。たぶん同じコロンビア人のコカイン・マフィア。むろん殺された側もそうだ。コーヒー取引商というのはこの日本での隠《かく》れ蓑《みの》だろう。

池袋は第五方面本部の管轄だ。そして武田の所属する新宿北署は第四方面本部。これだけの事件でありながら仕事用の携帯が鳴らなかったのも無理はない。北署の仕事には関係ない。

だが――。

カルロス逮捕のきっかけとなった一ヶ月ちょっと前のタレコミ……。

電話を受けた署員がおおよその時間を覚えていた。火曜の午後二時前後。

NTTに任意の調査依頼をかけ、その二時前後に署の受付にかかってきたおよそ五十本の電話の通信記録を虱潰《しらみつぶ》しに当たっていった。

当たり前のことだが、通話はお互いの会話のやりとりで成り立つ。だから短い時間で済ませたつもりでいても、意外と二、三分はかかっているものだ。

だが、タレコミの電話となれば話は別だ。こちらの質問にも答えず、一方的に伝えたいことを喋《しゃべ》って電話を切る相手は、せいぜい十秒から二十秒の間しか通話履歴が残らない。

一件だけ、見つかった。十四・七秒。

発信場所は、池袋駅西口の公衆電話。テレビに映っているホテルの近所だ。

さらに思い出す。電話を受けた署員も、周囲の雑音がうるさくて聞き取りにくかったと漏らしていた。

「しかも相手は日本人じゃないと思います。発音の仕方からしてアジア系でもなかったです」

チャイニーズ・マフィアに比べ、この日本でのコロンビア人はまだまだ新参者だ。管轄ごとにある組織数は多くない。あっても、カリ・カルテルとメデジン・カルテルの流れを受けた二組織ほどのものだ。共存を前提とする彼らは、本国で事前に協議してから日本でのエリアを決める。同じ地域に同業が乱立することはない。

……なんとなく、繋がるものを感じる。

テレビを消す。ベッドから抜け出し、洗面所で顔を洗う。部屋に戻り、シャツに袖を通し始める。

背後で微かに布の擦れる音がして、

「まだ、早いんじゃないの」

振り向くと、和美が二つの乳房を丸出しにしたまま半身を起こしていた。目の下に隈《くま》が浮いている。

「調べたいことができた」

「今の殺人事件？」

「ああ」

答えながらも思う。この女もシーツに包《くる》まったまま、ニュースを聞いていたらしい。

和美がゆっくりと立ち上がり、素っ裸のままトイレに向かっていく。足を引き摺るような、だらしない歩き方。モノの食べ方、椅子への座り方にしてもそうだ。この女の立ち居振る舞いにはまるで節度というものが感じられない。

だが、武田もまたそんなものをこの女に求めようとは思わない。しょせんは肉欲だけの関係。明るい将来を語り合う間柄でもない。

ネクタイを締め終わったとき、トイレから水の流れる音がして和美が出てきた。

「どうしたの？　お腹《なか》の火傷《やけど》」

武田は乾いた笑い声を上げた。三日前もこの女と抱き合った。そのときからついていた。

「今ごろ、聞くのか」

しかし和美は何も答えなかった。ベッドの脇まで戻り、またもそもそとシーツの中にもぐり込む。

着替え終わった。姿見の中に、自分のスーツ姿が映っている。中肉中背の、どこにでもいそうな中年男。ひどい顔をしていると思う。慢性的な睡眠不足と不規則極まりない生活で顔は浮腫《むくみ》、肌は土気色。目は精気を失っている。死人のようにも見える。

「この前も、聞いたよ」

不意に和美が声を漏らす。

「あ？」

「だから、この前も聞いた」

和美はこちら側に背を向け、窓を見たまま繰り返す。

「この前っていつだ」

「週末」

先日寝たときだ。しかし武田には記憶がない。

「そうか」

「相当ラリってた。猫にやられたんだって言ってた」

内心、軽く舌打ちする。そんなしょうもない言い訳をして、しかもその言い訳をしたことすら、忘れている。完全に終わっている。

和美はまだ窓を見たままシーツに包まっている。

何故《なぜ》そんなことを聞いたのか分からない。部屋を出ようとして立ち止まり、つい口を開いていた。

「貯金は、少しは出来たのか」

「え？」

「金だよ。部屋代とクスリ代はかかっていないだろ」

和美はようやくこちらを向いた。それから少し笑う。

「十五万ぐらい」

「この半年で、それだけか？」

和美はうっすらと笑いを浮かべたまま、うなずく。武田は呆《あき》れた。こいつは店から月に四十万ほどは貰っている。別に派手に外遊びするタイプでもない。ホストクラブにも行かない。服もあまり買わない。いったい何に使っているのかと思う。

半同棲のような暮らしを始めたとき、武田は言った。おれもいつまでこんな暮らしが出来るかは分からない。そしたらおまえはまた、もとの貧乏暮らしだ。少しは貯金をしておいたほうがいい。

目の前の和美はまだ笑みを浮かべている。少し嬉《うれ》しそうだ。

「ごめん。いいつけ守ってなくて」

「いいさ」武田はため息をついた。「おまえの金だ。好きにすればいい」

六年前に離婚した妻と二人の子ども。マトモな頃から家庭のことはまったく顧みなかった。関心もなかった。挙句、莫大な慰謝料をふんだくられ、月々の養育費は今も払いつづけている。裏の収入がなければ、この女との付き合いも途端に破綻《はたん》する。もともとそんな自分が他人の貯えを心配すること自体、噴飯《ふんぱん》ものなのだ。

気づくと、和美の顔から笑みが消えていた。

鬱陶《うっとう》しい。

不意にそう思う。女はどいつもこいつもそうだ。子宮でしかモノを考えない。子を生《な》し、家庭を築く。無意識にせよ、どんなに蓮《はす》っ葉《ば》な女にもそういう願望がある。そして自分は、そんな期待には応えられない。無邪気な願望にはとうていついて行けない。

相手への失望と、自己嫌悪の裏返し。

上着を手に取り、部屋を出た。

外廊下を進み、エレベーターに乗り込んだ。エントランスから新宿七丁目の道に出る。途端に九月の太陽が網膜に刺さる。一瞬、くらりとくる。足腰もそうだ。ぜんぜん力が入らない。起き抜けだからという理由だけではない。ここ数年で、自分の中から急速に精気が失われている。

いつの間にか俯《うつむ》いて歩いていたらしい。歩道の先、べったりと潰れたコーラのアルミ缶が近づいてくる。

これが、今のおれだ。

その残骸を軽く蹴飛ばした。

先ほどの会話を思い出す。

猫。

自分がそんなことを口走っていたとは知らなかった。よく覚えてないとはいえ、今回に限って何故そんなごまかし方をしたのか。

和美には他の女と寝たときも、聞かれれば正直に答えていた。

どこそこのキャバクラの女と寝た。昔付き合いのあった婦警の家に泊まった。

そんな感じだ。

だが、あの女につけられた火傷の痕《あと》だけはごまかした。考えてみれば、和美にあの女のことを話したことは一度もなかった。

妙子《たえこ》と別れてから一年半が経《た》つ。

別れる半年ほど前から、武田はコカを常用するようになっていた。自分と同じ刑事課の女。隠し通せるものではない。あの女はため息をつき、別れ話を切り出してきた。泣きもしなかった。お願いだからそんなモノはやめて、とも言わなかった。

単に、感想を口にしただけだ。

「あたし、そういうものをやっている人とは付き合えない」

翌日から携帯にも出なくなった。寮の電話も留守電になったままだった。

付き合い始めの頃ではない。一年以上も密《ひそ》かに付き合い、何度も寝た女からあっさりと三行半《みくだりはん》を突きつけられた。

考えてみれば、妙子が武田との将来を口にしたことなど、一度もなかった。彼女自身の昔話も、ついぞ聞いたことがない。そんな話は彼女にとって、まったく意味をなさないようだった。

誰にも見つからない場末の定食屋でご飯を食べ、ラブホテルで寝るだけの関係がつづいた。妙子は何も要求しなかった。武田にだけではなく、世の中というものに何も期待していないようだった。それでも精神を破綻させることなく、淡々と日々を過ごしていた。いつもひどく怜悧《れいり》な目をしていた。

明治通りへと出た。

ここから新宿北署までは目と鼻の先だ。何か事件があったとき、すぐにでも駆けつけられるように和美の部屋を七丁目に借りた。

目の前を行き交うトラックとタクシーの群れ。クラクションと横断歩道の電子音。排気ガス。パチンコ屋の趣味の悪い音楽。歩道を歩いてゆく安っぽい化粧の女たち。自分を高く売りつけようと、躍起になって着飾っている。勤め人姿の男たちにしても同様だ。立場。それを守るためだけに絶えず汲々《きゅうきゅう》としている。何を感じ、何を考えているかは問題ではない。自分の立場さえ守れればいい。すべての行動と知恵はそこに集約されていく。

最近になって武田は分かってきた。

世の中は乾ききっている。無味乾燥なもので満ち溢《あふ》れている。本当に彼等《かれら》を潤してくれるものなど、一欠片《ひとかけら》もない。

それでもささやかなオアシスを求め、砂漠の中をさまよい歩くのが、人間という存在のようだ。自意識のなせる業。だからヒトは群れる。その集合体である都会へと出てくる。

だが、妙子は違う。あの女はオアシスなど求めない。爬虫類《はちゅうるい》のようにわずかな夜露で喉《のど》を湿らせ、平然と砂漠の上を歩きつづけていくことができる。

明治通りを南下しながら武田は笑った。

たしかにおれはヒトとして、どこかおかしい。たぶん狂っている。

だが、一見マトモそうに見えるあの女の心は、もっと狂っている。将来にも世の中にも何一つ期待することなく、淡々と生きていられる砂蛇《サンド・スネーク》。

そこに武田は惹《ひ》かれていた。その表情。その瞳。今もそうだ。夢にまで見る。

2

気がつけば、またここに来ていた――。

歌舞伎町。

コマ劇場と第二東亜会館の間を抜け、一番街のさらに奥まで進んでゆくと、パチンコ屋やゲームセンター、風俗店や飲食店などが雑多に軒を連ねる界隈《かいわい》に出る。

その中の店のひとつ、マクドナルドに妙子はいる。窓際の止まり木に座り、カウンターに頬杖《ほおづえ》をついたまま、ぼんやりと通りの様子に見入っている。もう二時間もそうしている。

午後四時過ぎの太陽は、東亜会館の巨大な壁面に早くも隠れてしまっている。

日陰になった目の前の通りを、様々な人種が行き交い、漂っている。早番から上がってきたと思しき風俗嬢。黒いビニール袋をぶら下げたオタク風の若者。寿司屋の店員。今時ダブルのスーツを着たヤクザ。ティッシュ配りのバイト……この街での人種とは、職業だ。

就いている職業によって彼等の街の見え方はまったく違う。

かつては妙子もそうだった。交通課のミニパト時代には、路上駐車している黒いメルセデスや冷凍トラックばかりが妙に気になっていた。開けっぱなしの助手席から左手を出し、スティックで路上にチョークの文字を書く。刑事課に配属になってからは、ヤクザや風俗嬢、イラン人や中国人などの外国人にごく自然に目がいく。不審な様子があれば職質をかけ、ごくまれに署まで引っ張っていく。

でも、今の妙子の目には、それらの人種は特に意味をなさない。単なる人のうごめきにしか見えない。新聞を取ることも止めた。テレビのニュースも見なくなった。事件と名のつくものにはおよそ関心がなくなった。警察を辞めてまだ一週間だというのに、われながら薄情なものだ。

そのわりには、ふたたびこの場所に来てしまった。三日前に一度。そして今日が二度目。かつての仕事場だったからだろう。

仕事を辞めて初めて分かった。

自分にはどこにも行きたいところがない。話をしたいと思う相手もいない。

警察を辞めた翌日には、中野のアパートに引っ越していた。家に戻るつもりはなかった。世田谷の実家は今や二世帯住宅になっている。両親と兄夫婦と姪《めい》の三世代が住んでいる。妙子の居場所はもうない。もっともそうなっていなかったところで、実家に戻るつもりなどなかった。

就職して家を出た時点で、もうこの場所には戻るまいと決めていた。何故そう思ったかは分からない。両親と兄に冷たい仕打ちをされた覚えもない。むしろ温かい家庭だったと思う。

中学時代のお弁当。母親はいつも丹精込めて作ってくれた。少女趣味が多少窺《うかが》えるセンス。ウサギ林檎《りんご》。蛸足《たこあし》ウィンナー。蟹《かに》カマと大根のサラダ。ご飯にはそぼろで彩りが加えられていた。

父親もそうだ。剣道を始めるとき、妙子が心底遠慮しているにもかかわらず、わざわざスポーツショップまでついて来て、一番高い防具と竹刀《しない》一式を買い揃《そろ》えてくれた。テレビでホームドラマなどを見ているとき、妙子に見られるのが恥ずかしいのか、時おり眼鏡を外すふりをして目尻の涙を拭いていた。

でも、そんな無邪気な愛に包まれている自分の存在に、幼い頃から違和感を覚えていた。感謝はしている。もし両親が寝たきりになって兄嫁が介護を嫌がるなら、喜んで死ぬまで面倒を見るつもりだ。弱ってきたら、その背中を抱いてあげたい。愛している。

しかし、その必要がない限りは、家には戻りたくない。わたしのこの世界。誰にも触れられたくない。

昔、武田が聞いてきた。

「おまえ、木の股からでも生まれてきたのか」そう言って、笑った。「おまえの泣くとこなんぞ、おれには想像も出来ない」

頬杖をついたまま、妙子は一人笑った。

その通りだと思う。

わたしは物心ついて以来、ほとんど泣いた記憶がない。

泣くほど悲惨な経験をしてこなかったせいだろうか。でも、高校時代のクラスメイトたちは、やれ彼氏に振られた、やれ親友に裏切られたなどと、ことあるごとに騒ぎ立て、わんわんと泣いていた。その程度のことで泣ける人間もいるのだ。

人間が冷たいのだろうか。

この前もそうだ。一番仲のよかった秋子が涙ぐんでいたにもかかわらず、わたしは平然とその様子を見ていた。もらい泣きする気持ちなど、欠片も起こらなかった。

泣く気持ち。自己への憐憫《れんびん》だ。相手への同情心だ。

どうやらわたしにはそれが欠如しているらしい――。

目の前にある鉄の灰皿。吸殻が六本溜《た》まっている。最近タバコの量が増えた。

このマクドナルドは通りの景色がよく見えて、気分がいい。二席空けた右隣には、メイクの仕方やファッションからして二十歳前後と思える女が座っている。『フロムＡ』を見ながらさかんに携帯をかけている。

あのう、すいません。私そちらで一年ほど前にバイトをさせていただいたものなんですが、またその頃と同じ仕事をさせていただけないかと思いまして……あ。そうですか。どうもありがとうございました。

そう言って電話を切る。先ほどから同じセリフと行為を延々と繰り返している。

自分と同じ無職の女性。無理だろうな、と妙子は感じる。

名前も言わない。そのときの担当者を呼び出してもらうこともしない。具体的にどんな仕事をやっていたのかも言わない。

そんな間抜けな電話応対では、誰も彼女の話をマトモに聞こうとは思わないだろう。少し考えれば分かることだ。だが、この女には分からないらしい。当然、すべて電話口で断られる。馬鹿な女。想像力の欠片もない。

一瞬指摘してやろうかとも思ったが、止めた。この手のタイプは教えてあげても、その本質までは理解できない。言われた瞬間、その形式のみを真似《まね》るだけだ。またすぐに元《もと》の木阿弥《もくあみ》だ。

七本目のタバコに火をつけ、通りの先を見遣《みや》った。

コマ劇場の前の大きな広場。劇場や映画館に囲まれた細長い空間に、少し陽だまりが残っている。その明るい陽だまりの中を人々が行き交っている。

ぼんやりとその風景を眺めているうちに、気づいた。

小さな女の子が、東亜会館の角に立っている。背格好からして、まだほんの五、六歳だろう。白いワンピース姿に麦藁帽子《むぎわらぼうし》を被《かぶ》り、背中にデイパックを背負っている。妙子はそのなりが気になった。いくら夏の終わりとはいえ、今どきの子どもで、あんな時代錯誤の格好をしている女の子は滅多にいない。

ひょっとしたら、とても育ちのいい家の子どもかも知れない。時代の流行など歯牙《しが》にもかけないような良家の子どもだ。

女の子は地図らしきものを両手に広げ、さかんにそれに見入っている。相変わらず一人で突っ立っている。

この界隈で幼い子どもを見かけることはほとんどない。ポルノショップやソープ、ピンサロ、ヘルス。風俗店の乱立するこのエリア。教育にもよくない。危険もある。マトモな親なら、自分の子どもをこんなところには連れてこない。仕方なく連れて来ることがあったにしろ、必ずしっかりと手を引いて足早に通り過ぎてゆく。

けれど、そんな場所に、あの子は一人で突っ立っている。地図を広げ、自分の今いる場所を確認している。

いったい親は何をしているのだろう。ひょっとしてどこかの店に入り、ほんのしばらくの間、あの子を外で待たせているのだろうか。でも、だったらその店内に連れて行くはずだ。いや……もし子どもにその店内を見せたくないような店なら、連れていかないかも知れない。しかしそんな場所が目的で来るのなら、そもそもこんな場所に子どもを連れてこない。あの子も地図を広げるようなことをしないはずだ。

結論。あの子はたぶん、一人でここへ来た。

道に迷っているのだろうか――。

そう思った直後、女の子が動き出した。地図を折り畳み、歩き出した。

こちらに向かって両手を振り、元気よく歩いてくる。陽だまりから日陰に移り変わる境界を越え、歩道を近づいてくる。

麦藁帽子の下、顔はよく見えない。子どもにしてはやや尖《とが》り気味のおとがいが、わずかに覗《のぞ》いているだけだ。

店内でタバコを燻《くゆ》らしている妙子の前を過ぎた時点で、その横顔が見えた。瞳はくっきりとした二重。その下にちんまりとしたカタチのいい鼻。

だが、観察もそこまでだった。少女は一瞬で目の前を通り過ぎていった。

その小さな背中を視線で追う。デイパックにはスヌーピーがいた。サーフボードを持ったスヌーピーが、海岸の立て看板を見ている。

『NO DOGS ALLOWED ON THIS BEACH』

犬は立ち入り禁止――。

思わず笑った。

犬が海に立ち入り禁止になるぐらいなら、歌舞伎町のさらに危険な地帯に分け入ろうとしているこの子はどうなるのか。この先の風林会館付近にはヤクザも多く、昼間から中国人娼婦が立っているラブホテル街もある。児童専門のポルノショップもある。

万が一この子が、そういうポルノショップ関連の人間に呼び止められたら――。

そう思った時点で、素早く立ち上がっていた。ダストボックスに紙コップを捨て、出口へと急ぐ。

通りに出た時点で、すでに女の子は先の角を左に曲がろうとしていた。妙子は足早にその後を追った。すでに警官を辞めた自分。でも、それは関係ない。これぐらいは心配するのが当然だ。

迷わずにこの猥雑《わいざつ》なエリアを出られるのなら、それでいい。安全な場所までついて行って、妙子自身が引き返せばいい。道に迷って立ち止まるようなら、道を教え、行きたい場所の近くまで連れて行ってやればいい。

角を曲がると、十五メートルほど先に女の子がいた。立ち止まっている後ろ姿。麦藁帽子が垂直になっている。顔を上げて周囲のビルを見回している。

妙子は近づいて行き、背後から声を掛けた。

「どうしたの。道に迷ったの」

が、少女に反応はない。相変わらず前方を向いたまま、きょろきょろと辺りを見上げている。妙子は少女の前に回り、心持ち腰を折ってその顔を覗き込んだ。

「どうしたの？」

ん？

という表情で、少女が妙子を見上げてきた。くりっとした表情。正面から見ると、さらにかわいい。ウリ坊を連想した。

「道に、迷ったの？」

途端に少女は、にっと笑った。この反応。違和感を覚える。ミニパト時代の経験。いきなり話し掛けてきた大人に、子どもは通常こんな表情は浮かべない。それでもさらに問いかけた。

「迷子になったんでしょ」

すると少女は、今度は何故か不安げな表情を浮かべた。

「だから、迷子になったんだよね？」

相手はようやく口を開いた。

「マイゴ……ノ・エンティエンド」

――。

え？

愕然《がくぜん》とした。なんてことだろう。この子は日本人ではない。その発した言葉の語感。おそらく英語圏の人間でもない。これにはむしろ妙子のほうが慌てた。

だが、次の瞬間、

「マイゴ、分かりません」少女は日本語で答えてきた。「道。迷う。エンティエンド。分かります。シ。私、迷う」

少し安心する。多少の日本語は出来るようだ。少女の目の前にしゃがみ込み、視線を同じ高さにする。

「どこから来たの？」

少女は首をかしげる。

「コモ？」

「だから、どこ？　あなたが来たの」

言いつつ、前後左右の方角を指差してみせた。

ああ、というように少女は大きくうなずいた。次いで、オテール、と元気よく答える。

「パラ、ニシ、シンジュク」

その場所名で分かった。オテールとはホテルのことだ。西新宿のホテルからこの子はやってきた。たぶん外国人観光客の娘だ。それで、この流行とは無縁の格好にも納得がいく。

マパ、マパ、と少女は言い、片手に持っていた地図を差し出してきた。マパ。地図《マップ》のことだろうと見当をつける。渡された地図を広げながら妙子はなおも聞いた。

「なんていうホテルなの？」念のため、英語で付け加えてみた。「ウアッツネーム・イズ・ユアホテル？」

少女に反応はない。やはり英語圏の子どもではないらしい。

「ホテルの名前は？　ホテル、名前。ホテル、ネーム」

「オテール？　ノンブレ？」

ノンブレ。おそらくはネームのことだろう。たぶん意味が伝わっているだろうと思い、妙子はうなずいた。すると少女は口を開いた。

「センチュイ・アイア」

「センチュイ・アイア？」

そんな妙な名前のホテルは聞いたこともなかった。

ふと思い出す。外国人犯罪に詳しい刑事が、以前に言っていた。オテールは、ホテル。ハローはアロ……ラテン系の人間は、Hを発音しない。

「ひょっとして、センチュリーハイアット？」

果たして少女は、大きくうなずいた。

センチュリーハイアット・東京。西新宿のホテル群の中でも一、二を争う高級ホテルだ。物価の高い日本で、そんなところに泊まっている外国人の女の子。この浮世離れした服装。やはりこの子の親は相当なお金持ちのようだ。

「これから、そこに帰るところなの？　それとも、どこかに行くところ？」ふたたび指先を前後に示し替えながら聞いてみる。「帰る？　行く？」

「私、帰る」妙子の指先を見て、少女は答える。「でも分からない。道。ノ・エンティエンド。迷う。ポル・ファヴォール、おねがいしまーす」

そう言って妙子の手に渡っている地図を指差す。どうやらノ・エンティエンドとは、分からないという意味のようだ。

渡された地図を広げた。スペイン語版の新宿エリアの地図。西の新宿中央公園から、東の東京医科大学のエリアまでが詳しく載っている。

「今はね、ここなの」

そう言って、文化センター通りのハイジアビル前を指差した。ややあって少女はうなずく。妙子はさらに指先を西武新宿駅の横から青梅街道沿いに滑らせて行き、ハイアットの場所を示した。

「で、ここがね、あなたのオテル」

少女は熱心に地図に見入っている。

「セーブ・エスタシオン。カジェ・ヤシュクニ。カジェ・オーメ……」

つぶやきながら、ミニチュアのような指先で妙子の示した経路をなぞっていく。

ややあって妙子を見上げ、豆粒のような小さな歯並びを見せた。

どうやら妙子の言うことを完全に理解したようだ。妙子は地図を折り畳み、少女に返した。

「ありがとう。おねーさん」

ひどく満足そうな表情で地図を受け取りながら、少女が答える。妙子も微笑《ほほえ》みを返した。と、何を思ったのか、相手は不意に背中のデイパックを降ろし始めた。地面に置き、ファスナーを開ける。その中に片手を突っ込み、ごそごそと懸命に何かを探している。やがて微かにうなずいて、その手をデイパックの中から抜いた。

「おねーさん。プレセンテ」

そう言って元気よく差し出してきた手のひらに、小さな飴玉《あめだま》がひとつ転がっていた。道を教えてもらったお礼のつもり。

妙子は思わず笑った。

少女はにこにことしたまま、妙子を見上げている。この邪気のない感じ。時代錯誤の服に身を包んだ小さな子ども――。

不意に抱きしめたい衝動に襲われる。もうクチャクチャに丸めて、食べてやりたくなる。代わりに飴玉を受け取り、その手を握った。

「わたしがホテルまで、送ってあげる」

つい宣言するように言った。

*　　*

靖国《やすくに》通りからガード下をくぐり、青梅街道に出た。

モード学園の角を曲がり、西新宿の北通りに入ったところで、手を引いている少女に尋ねた。

「ところで、あなたの名前は？　ノンブレは？」

カーサ、と少女が答えてきた。

「カーサ？」

そう問い返すと、少女はうなずいた。それから空いている左手で、周囲のビルや建物をやたらと指差し始めた。

「あれ、カーサ。これ、カーサ。家。あたしの名前」

つまり、あたしの名前の意味は、『家』だと言いたいらしい。

家か、と妙子は思う。

この女の子の国では、そういう名前の付け方もあるのだろうか。それから国籍を聞いていないことに気づいた。

「あなたの国は？」

一瞬、その顔が麦藁帽子の陰に隠れた。束の間の沈黙があり、少女は答えた。

「遠い。いっぱい遠い。飛行機、長い」

「ううん。そうじゃなくて、カーサの国はどこ？」

「遠いよ……アメリカ・デル・スル。南。スル」

南。アメリカ。南米のことだろうか。ラテン系。たぶんそうだ。さらに聞いてみる。

「ブラジル？　アルゼンチン、チリ、コロンビア？」

「アメリカ・デル・スル。南」

「うん――」

なんだか会話が上手《うま》く嚙《か》み合っていない。

この子は、自分の国の名前を知らないようだ。でも、それにしてはその地域の総称は知っているらしい。なんだか変な感じだった。

しばらくして麦藁帽子のつばが上がってくる。

「おねーさん、名前は？」

そう言って、妙子を見上げてきた。

「わたしはね、妙子」

「ティコ？」

「違う。タエコ」

「ティコ」しかし少女は嬉しそうに繰り返す。つないでいる手を、心持ち強く振ってくる。「ティコ、カーサ、まえ会う。いま今、ありく。手、一緒、アミーガ。友達」

　妙子はつい笑う。

　今はもう手をつないで歩いているから友達だ。この子はそう言いたい。

「カーサは今、何歳？」

「コモ？」

　先ほども聞いた言葉。カーサが妙子を見あげたまま、首をかしげている。たぶん分からないという意味ではない。え？　とか、そういう問いかけかもしれない。

　だから妙子はゆっくりと尋ねた。

「カーサは、今、いくつ？　年齢よ。歳《とし》」

　今度は理解したようだ。

「セイス」カーサは左手で五本の指を広げ、次いで閉じ、また一本指を立てる。「ろーく」

　六歳。予想通り、まだほんの子どもだ。しかしハイアットに泊まるような身分の両親が、年端《としは》もいかない子どもを異国の街で一人ぶらつかせ、放置しておく。やはり解《げ》せない。

「お父さんとお母さん――パパとママは今、何してるの？」

「ママ、わたしいない」カーサが即答する。「パピ、今仕事。忙しい。昼、オテールいない」

ようやく納得がいく。それでこの子はおそらく暇を持て余し、一人で外をぶらついていた。挙句、遠くまで来てしまい、歌舞伎町に迷い込んだ。

「お父さんのお仕事は、なに?」

「いろいろ。いっぱい」カーサは左手を大きく上げてみせる。「フロール。カフェ。仕事、いろいろ。パピ、プレシデンテ」

「プレシデンテ?」

カーサは大きくうなずく。

「偉い。プリメーロ。いち、だーけ」

いかにも得意満面の表情を浮かべ、小鼻も膨らませている。

偉い。一人しかいない。プレシデンテ——たぶん英語ではプレジデント。

つまりは会社の社長だ。そしてその会社は、いろんな事業をやっている。どうやらこの子には、そんな自分の父親が大変な自慢らしい。

「パピ、ハポネス」

「え?」

「パピ、ハポネス」カーサは繰り返す。「ティコ同じ。ハポネス。日本」

驚いた。どうやら父親は日本人のようだ。ということは、この子も日本人なのか。日系の何世かなのか。それでカタコトの日本語を話せるのか。

「じゃあ、カーサも日本人なの？」

「ノ。ちがーう」カーサは首を振る。「わたし、メスティサ。日本人じゃないよ。日本人。ポコ。いない。小さい」

意味が分からない。お父さんだけが日本人で、お母さんは違うということか。

「じゃあ、半分だけ、日本人？」

これにもまた、カーサは首を振る。

「わたし、違う。日本人じゃない。ぜんぜん関係なーい」

ますます意味が分からない。

そうこうするうちに、センチュリーハイアットの前までやってきた。クルマ廻しを回り込んでゆき、大きなエントランスの前まで来て立ち止まった。

正面玄関の脇に若いドアマンが立っている。妙子が連れているカーサを見て、笑顔を向けてきた。

「お帰り。カーサ」

「ただいま。デーオ」

ドアマンは苦笑を浮かべる。

「カーサ、何度も言うけどぼくの名前は秀男だよ。ひでお」

妙子はドアマンのネームプレートを見る。斎藤秀男と書いてある。が、カーサは頓着しない。まだ握ったままの妙子の手を大きく振って、ドアマンに言う。

「デーオ、わたしのアミーガ。ティコ。ムーチョ・リンダ。きれい。わたし大好き」

その最後のセリフには、妙子もいささか驚いた。この子はそういう目で私を見ていたのか。

思わずドアマンと目が合う。なんとなくお互いに笑う。

が、言葉はない。妙子もその必要を感じない。もともとこの子をホテルまで送ったら役目は終わりだ。引き返すつもりだった。

妙子はカーサの前にしゃがみ込み、その両手を握った。

「さあ、カーサ。あとはもう大丈夫でしょ」相手の瞳を覗き込んで、優しく言った。「ここからは、もう一人で部屋まで戻れるわね？」

するとカーサは怪訝《けげん》そうな表情を浮かべた。

「ティコ、帰る？」

「そうよ」

「ポルケエ？」

「え？」

「時間、ない？　忙しい？」

「え……それは大丈夫だけど」

「ティコ、時間ある。わたし、時間ある。ひま」そう言って、小さく身体《からだ》を揺らす。「どうして帰る？　いーく？　私と一緒、アミーガ。嫌？　きらい？」

「そんなわけじゃないけど――」

「部屋。大きい。窓、いい。ブエナ・ビスタ。見える。テレビあるよ。食べモノ、いっぱい」

妙子を帰すまいと、必死に言葉を並べ立てる。

先ほどまでは元気いっぱいにふるまっていたこの子。妙子もこの三日間ほど、完全に一人で過ごした。ほとんど誰とも口を利かずに行動していた。

この子は、本当は人恋しい。寂しいのだ。誰もが好き好んで一人で居るわけではない……。

でも、と妙子は思う。

保護者同伴で部屋に向かうのならともかく、子どもに連れられてきた知り合ったばかりの大人が客室に向かうのを、ホテルの人間はセキュリティの関係上、あまり好まないだろう。

「でも、お部屋には誰も居ないんでしょう」そう、ゆっくりと諭《さと》した。「そんなところに他人のわたしが一緒に入っていったら、ホテルの人はみんな困るよ」

「タニン？」

「知らない人のこと」

するとカーサは、まるでこの言葉が気に入らないとばかりに、微かに鼻にしわを寄せた。

「わたし、ティコ知ってる。いい人。わたしのアミーガ。他人じゃないよ」そう言って、ふたたび妙子の手を握ってくる。「ポル・ファヴォール。お願い――」

困った。

気がつくと、ドアマンがすぐそばまで来ていた。妙子を見て、遠慮がちに口を開いた。

「差し出がましいようですが、もしよかったら、私からフロントに事情を話して差し上げますけど……」

「はい？」

「この子が、ちょっと気の毒で」ドアマンが照れ臭そうに笑う。「お手数ですけど、宿泊カードにある程度の個人情報を書いて頂いて、その上で免許証などを提示していただければ、たぶん問題はないと思うのですが」

「お願い。デーオ」

妙子が口を開くより先に、カーサがすかさず言った。

ドアマンがうなずき、ガラス扉の内部に入ってゆく。

「…………」

結局はカーサとドアマンに説得されたような格好で、エントランス内部に入った。

入った途端、カーサは先導役になった。妙子の手をぐいぐいと引いて、フロントに向かっていく。

ドアマンはすでにフロントの係のところまで行って、事情を話している。そのフロント係が寄ってくるカーサを見て、これまた笑顔を漏らす。

「お帰り。カーサ」

「ただいま。チュネ」

妙子は素早くフロント・マンのネームプレートを見る。

青木恒弘。なるほど。だから今度はチュネ、か。

「今日の散歩は、どうだった？」

「楽しかったよ」そう答えて、妙子の腕を摑む。「アミーガできた。ティコ。親切。わたし迷う。助けてくれた」

「そうか」さらに相手は相好を崩す。「カーサ、良かったね」

「うん」

ホテルの従業員とファーストネームで呼び合い、多少の世間話もする間柄。この子の父親はずいぶんと長逗留しているらしい。そしてカーサは昼間、ほとんど一人で放っておかれているらしい。だからホテルの従業員たちも、何かにつけこの子のことを心配している。

チュネと呼ばれたフロント係が妙子を見て笑いかけ、宿泊カードを差し出してきた。

「お手数ですが、こちらにご記入いただけますか」そう言って、ペンも渡してくる。「それと、何か身分を証明できるようなものはお持ちでしょうか？」

「はい」

妙子はバッグの中から免許証を取り出した。裏面にはすでに新住所が明記されている。

相手がそれを受け取り、上目遣いに妙子を見てくる。

「コピーを、取らせていただいても？」

「どうぞ」

フロント係が奥の部屋に入っていく。その間に妙子は宿泊カードに必要事項を記入していく。

本名――若槻《わかつき》妙子。生年月日――昭和五十二年十月五日。年齢――二十八。現住所――東京都中野区野方一の五の××　メゾン・ド・野方三〇四。電話番号――03-5318-××××。

職業欄……無職、と書き込みかけ、公務員、と書き直した。

恥ずかしかったからではない。わたしは人のものなど盗らない。無用な疑いをかけられるのが嫌だった。

奥の部屋からフロント係が戻ってきた。宿泊カードを差し出し、免許証を受け取る。

「チュネ。ジャーベ。鍵」

待ちかねたカーサが、カウンターの上に伸び上がるようにして両手を差し出す。

「はい。鍵《ジャーベ》」

そう言ってフロント係がカードキーを渡した。

父子《おやこ》の泊まっているフロアは最上階にあった。しかもプレジデンシャル・スイートという、このホテルでも最高級の続き部屋だった。

ふかふかとした足元の絨毯《じゅうたん》。調度品のセンスもよく、備品も贅沢《ぜいたく》極まりない。窓の一面に、西新宿の高層ビル群が映り込んでいる。

「すごいお部屋ね」

妙子は思わず言った。やはりこの子の父親は、相当なお金持ちのようだ。

カーサがリビングの壁面に埋め込まれているオーク材のキャビネットに駆け寄っていく。

壁面の引き戸を引く。中から冷蔵庫が現れた。

「なに、飲む?」そう言って冷蔵庫の扉を開け、妙子を振り返る。「アグア? カフェ・コン・イエロ? フーゴ?」

単語の意味がまったく分からない。つい首をかしげると、カーサは妙子にもよく見えるよう、さらに冷蔵庫の扉を開いた。水のペットボトルが目に付く。ちょうど喉も渇いていた。

「じゃあ、それちょうだい」と、そのハーフリットルのボトルを指差した。「ウォーター。お水」

「アグア？」カーサはそう言って、水を指差す。「水。アグア・ミネラル」

そうか。お水はアグア。言われればどこかで聞いたことがあるような気もする。

「ティコ。座る。こっち」

片手にボトルを持ったカーサがソファのほうへ歩いていく。ソファに囲まれた低いテーブルの上には、このホテルのレターセットが開かれたままになっている。座りながらそれを覗き込んだ。絵が描いてあった。人間の上半身。ボールペンで描いた絵。胸から上だ。男の人の絵。

「これ、パピ」カーサが笑う。「わたし、描いた」

妙子はレターセットを引き寄せ、束の間見入る。上手いな、と思う。絵の中の男は、少し微笑んでいる。

「パパは、いくつなの？」

「コモ？」

「パパは何歳？　歳。年齢」

カーサは両手を使って指を数え始めた。しばらくして、顔を上げた。

「トレインタイ・シンコ」そう言って、最初に右手の親指、人差し指、中指を立てた。三つ。次に左手の指を全部立てた。五つ。「さん。と、ご」

　三十五歳。その若さで社長とは驚いた。

「名前は？」妙子は言った。ついで先ほどの単語を思い出し、付け足す。「パパの、ノンブレは？」

　うん、とカーサは大きくうなずいた。だが、うなずいただけだ。

　レターセットの横に、小さなアヒルのオモチャが転がっていた。

「これ、好き」

　そう言ってカーサがアヒルを摘み上げる。なんだか質問をはぐらかされたような気がした。

「ティコも、好き？」

　妙子はうなずいてみせた。

「かわいいよね」

「リンド」

　答えながらカーサはオモチャを裏返し、そのお尻の部分に付いていたネジを廻し始める。

　何回か巻き終わったあと、少女はその羽を押さえたまま、そっと絨毯の上にアヒルを降ろす。

　その手を離した。

途端、アヒルの体についている両方の羽根が回り始めた。羽根が絨毯の上を交互に掻《か》き、ぱたぱたと進んでいく。ぜんまい仕掛けのオモチャ。

ジー。ぱたぱた。ジー。ぱたぱた。

カーサはその動きを一心不乱に見ている。妙子もまた、カーサから目を転じてアヒルのオモチャをぼんやりと見遣る。部屋の中に、ぜんまいの音だけが静かに響く。

やがて、アヒルの動きは止まった。ふたたび部屋の中に静寂が訪れる。

ふと思う。リビングとベッドルーム。二間つづきのこの部屋。おそらく八十平米はあるだろう。だが、そんなだだっ広い部屋に、この子はたった一人でいる。話す相手も、遊び相手もいない。オモチャもこのアヒル以外には何も持っていないようだ。

こんな寂しい環境に子どもを放っておいて仕事に出かける。いったいこの子の父親は、何を考えているのだろう。

「パパは、いつ帰ってくるの？」

「夜。まえ」

夜の前。たぶん夕方ということだろう。妙子は手首を返して時計を見た。五時三十五分。たぶん父親はそろそろ帰ってくる。だったらそれまでは、この子に付き合ってあげよう。

「カーサ、何して遊ぼうか」

妙子がそう問いかけると、相手はにっこりと笑った。

「チェス」カーサは元気よく答える。「夜、パピともするよ」

「じゃあ、それをやろう」

さっそくカーサがテーブルの下からチェス盤《ばん》を取り出した。と、手帳のようなものが床にこぼれ落ちた。

「それは何？」

「フォト」

答えながらカーサはその手帳を拾い上げる。どうやらミニ・アルバムのようだ。

「見る、欲しい？」

おそらくは見たいかと聞いている。妙子がうなずくと、カーサはいかにも得意そうにその手帳を開いた。妙子は感じる。何故かは分からない。なんとなくその中身に期待している自分がいる。

カーサが最初のページを開いて、妙子の前に差し出す。

原色だらけの服装をした、黒人の中年女が映っている。真っ白な歯を剝《む》き出し、目を細め、丸い顔全体で笑っている。なんとなく分かる。たぶんこの写真を撮られるとき、この女は大いに照れていたのだ。

「ミランダ」カーサが答える。「メイド。仲いいよ」

メイド。お手伝いさん。家にはお手伝いさんがいるのだ。妙子はうなずく。

カーサは次のページをめくる。今度は見開きに二枚の写真。左側にふたたびメイドの写真。右側は屋外でのスナップ。

黒塗りのメルセデス。500Sだ。その脇に若い男が銜《くわ》えタバコのまま立っている。明らかに白人系。すっきりとした体型の、見るからに典型的なラティーノ。顔を見る。全体的に引いて撮ってあり、しかも逆光なので詳しい造作《ぞうさく》は見てとれない。が、その口元の微笑や鋭く切り結んでいる顎のラインからして、けっこうな美男子なのだろう。

「これ、パパリト」カーサが言う。「クルマ。使う。チョフェール。ぶぅん。ぶぅん。でも今、違う」

「チョフェール？」

「クルマ。コンドゥシール」今度は両手を交互に上下させる。「ヴォランテ。前、クルマ使う。今、違う」

ようやく分かった。ハンドルを握っている素振り。でも今は違う――たぶん以前はお抱えの運転手だったのだろう。

が、妙子はそのとき、心のどこかで妙な感覚を味わっていた。あらためてその運転手の写真を見直す。

この男。その全体の雰囲気……妙な既視感がある。

ひょっとしたら気のせいかもしれないし、他人の空似かもしれない。それでも記憶の底がわずかに波立っている。

「でね――」

カーサは次のページに手をかけた。

が、次の瞬間にはミニ・アルバムを摑《つか》んだままいきなり立ち上がった。かと思うと、脱《だっ》兎《と》のように玄関に駆けて行き、死角に消えた。

一瞬驚いたが、直後には状況を理解した。

玄関のドアから洩《も》れてくる微かな開錠音。カードキーを差し込む音。この子は敏感にもそれを聞きつけた。

カシャリ……。

軽い音がして、ドアが開いた。

途端、

「オラ・フスタっ」

廊下の陰から、カーサのいかにも弾んだ声が響いてくる。

男の低い声が聞こえた。カーサがまた何か答える。

廊下から男が姿を現した。ブラック・スーツに身を包んだ、細身の男。その腰のあたりにカーサがまとわりつき、嬉しそうに飛び跳ねている。父親はカーサの頭をひと撫《な》でし、こちらを見てきた。

途端、妙子はぎょっとなり、我知らずうろたえた。

その体型と同じくほっそりとした顔つき。短く刈り込まれた黒い髪。広く秀でた額。切れ長の黒い瞳。頬骨がやや高い位置にある。三十五歳と聞いたが、もっと若く見える。美男子、と言ってもいい。そして、どう見ても日本人だ。

だが、問題なのはその容姿ではない。

弓なりの眉の下で、瞬《またた》きしない瞳がこちらを見ている。落ち着き払ったその視線。およそ何の感情も浮かべていない。乾いているわけではない。むしろ、霧雨に煙《けぶ》る海岸のように、ひんやりと濡《ぬ》れている。どうしてかは分からない。妙子は背筋にぞくりとするものを感じた。

だが、お互いの沈黙は一瞬で過ぎ去った。

「どうもはじめまして」相手は近づいてきながら口元を緩めた。「事情はフロントでききました。この子をわざわざ送って頂いたようで、感謝しています」

発音に多少のぶれはあるものの、ほぼ完璧な日本語だった。

「いえ、こちらこそ――」それからまだソファに座りっぱなしだった自分に気づき、慌てて立ち上がる。「お嬢さんに誘われるままに、厚かましくも上がりこんでしまって」

相手は、さらに笑った。

「ま、どうぞ。おかけください」

声音《こわね》は優しい。だが、人に指示を与えることにいかにも慣れ切った口調だ。

妙子は言われるまま、もう一度ソファに腰かけた。相手も対面に腰を下ろした。そして横に突っ立っているカーサを向き、何事かを話しかけた。

カーサがううん、と言うように首を振り、それに答える。

父親がそれを受け、さらにカーサに何事かを言う。カーサは、今度はうなずいた。父親は微かに首をひねり、あらためて妙子のほうを見てきた。

「どうも。自己紹介が遅れました」そう中腰になり、右手を差し出してきた。「ジョアン・フランシスコ・松本と言います。ブラジルのマナウスという町で、コーヒーと造園の商売をやっています」それから横の少女のほうを向いた。「この子はカーサです。ニックネームです。マリアというのが正式な名前ですが、誰もそうは呼びません。私の一人娘です」

なるほど。かの地ではそういうものかと思う。

「若槻妙子です」自己紹介をしながらも想像した。この男はフロントで、妙子の宿泊カードにも目を通してきている。「今は無職です。公務員でしたが、一週間ほど前に辞めました。それで今日、新宿に出てきていて、このカーサさんに出会いました」

松本と名乗った男は、目の端にわずかに笑みを見せた。

「しかし、宿泊カードには無職とは書いてありませんでしたが」

やはり、見ていた。

「もし何かがあった場合に、あらぬ疑いをかけられたくなかったからです」妙子は答えた。「ですが、部屋の持ち主がこうして帰ってこられた以上は、その心配も無用ですから」

松本はもう一度笑った。だが、何も言わなかった。

代わりに、隣に居たカーサが父親の袖を引き、口を開いた。レスタウランテ、という言葉が聞き取れた。

松本がこちらを振り向いた。

「送っていただいたお礼と言ってはなんですが、もしよろしければ、これから下のレストランで夕食でもどうでしょう？」そして、こう付け加えた。「この子も、それを望んでいるようです」

思わず少女のほうを見る。カーサはニコニコと妙子に笑いかけてきていた。

結局、階下のフレンチレストランに行った。

メニューを閉じた後、松本は妙子を見てきた。

「飲み物は、いかがですか」

「――あ、はい」

「ビールで、いいですか」

「ええ」

息苦しい。

どうしてだろう。この男に見られるたびに、どぎまぎする自分を感じる。そしてそんな自分を必死に抑える。何故こんな気分になるのか。わたしはいったいどうしたというのか。

松本がカーサに何かを言い、カードキーを渡した。カーサがうなずき、椅子からぴょんと飛び降りる。

「ティコ、すぐ戻ってくる」

そう言って妙子に笑いかけ、一目散にフロアを出て行った。父親は、カーサが死角に消えるまでその小さな後ろ姿を見送っていた。それからこちらを見た。ふたたびぎくりとする。

「わざとです」

「え？」

「わざとシガリージョ……煙草《たばこ》を部屋に取りに行かせました」相手は答える。「あの子は多少の日本語が分かります。だから、ちょっと席を外させました」

「……はい」

相槌《あいづち》を打ちながらも思う。いったいこの男はどういうつもりなのだろう。皆目見当がつかない。

　男はさらに口を開いた。

「あの子と私の間には、血の繋がりはありません」

「はい？」

「浮浪児だったのです」男は言った。「路上で暮らしていたのを、あるきっかけで私が引き取りました。一年半ほど前のことです。だから母親はいません」

　驚いた。と同時に、いきなりこんな話を切り出してくるこの男の精神構造——理解に苦しむ。その気持ち通りの言葉を口にした。

「どうしてそんなことを、初対面のわたしに打ち明けるのです？」

「あの子はね、滅多なことでは他人に懐《なつ》かないのですよ。必ず怯《おび》え、びくびくします」男は質問に答えず、カーサのことを話しつづける。「ましてや初めて会った相手を部屋に入れてしまうなんてことは、今までに一度もなかった。ところがあなたに対しては、最初からすっかり警戒心をなくしている」

　少し苛立《いらだ》つ。意図が不明のこの話は、いったいどこに落ち着くのか。

「ですから、何をおっしゃりたいのです？」

　すると男は微かに笑みを浮かべた。

「まさか地球の裏側にまで来て、出会うとは思っていませんでした」

「は？」

「あなたですよ」ずけりと男は言った。「私と同じ目をしている。同じ匂いがする。だから懐く」

絶句した。

初対面でこんなことを言い出すこの相手。狂っている。

でも、この男の言っていることは本当だ。

一瞬で分かった。その佇《たたず》まい。その表情。濡れたような冷ややかさ——爬虫類の目だ。

鏡の中のわたしと同じだ。だから先ほどうろたえた。

今もそうだ。テーブルの下の足首が微かに震えている。

——落ち着け。

テーブルの上のナイフが目に付いた。比較的鋭利なステーキ用の肉切りナイフ……。

何故そうしたのか分からない。

気がつけばそのナイフを持って、テーブルの上に出ていた男の手の甲に押し当てていた。

「引けば、たぶん血が出るのでしょうね」

ごく自然にそんな言葉が口をついて出た。

男は微笑んだ。

「どうぞ。もしやりたければ、遠慮なく」

ナイフの背を押さえている人差し指に力を込めた。エッジが皮膚に食い込み始める。

男の笑みが深くなる。

あぁ……思わず恍惚《こうこつ》としてその顔に見入る。

この男には分かっている。

生きることは死ぬことと同じだ。いつ死んでもいい。それなのに生を求めて激しく蠢《うごめ》いている。孤独と絶望の淵《ふち》で平然と濡れている。同類にだけ分かる狂気……ひどく、安心する。

指先から力を抜いた。ナイフを相手の手の甲から外した。

3

うるさい蠅《はえ》だ。

目の前に座っている男が、ぶんぶんとうるさい羽音を立てている。

武田はろくに話を聞いていない。聞かなくても、この蠅の言いたいことなど分かっている。

七三にきっちりと分けられた髪型。銀縁のフレームの奥、臆病そうな瞳が武田の顔を覗き込むようにして見上げている。蔓《つる》からぶらさがったなすびのように、のっぺりとした顔。

目の前のバカは、まだ何か喋りつづけている。

国家I種試験を潜《くぐ》り抜《ぬ》け、卒配されて四年。二十七歳の今では、何の下積みも苦労もなしに組対課の課長に納まっている。ぼっちゃん警視だ。

そう。こいつはまるで銀蠅だ。

口が臭くて、一見ぴかぴかと光っているように見えて、平気で人の糞便《ふんべん》に触れ、舐《な》める男。まだ若いくせして組織の中を泳ぐことだけは一人前だ。本部には媚《こ》びへつらい、ぺこぺこする。

うんざりだ。

「――というわけで、最近数字がまったく上がっていないですね。これだと銃器取締強化月間の意味をまったくなさない。そうは思いませんか、武田さん？」

ようやく終わったかと思う。営業マンの成績じゃねぇんだ。毎度毎度目標通りに易々と実績を上げられるものか。

「かも知れませんね」

一言、答える。

「かも知れません？」銀蠅がきっとなってこちらを見上げる。「それが、あなたの感想ですか。上司に対する答えですか」

思わず笑う。こういう単純な反応しか示せない。いったい大学で何を学んできたのか。こいつにはいちいちマトモに答えてやる気にもなれない。

「かも、知れません」

同じ言葉を、ゆっくりと繰り返した。

視線がさらに絡み合う。敵意と軽蔑と惧《おそ》れが入り混じった相手の視線。

たぶんこのバカにも見当が付いている。だが、出世が命のこいつには、とうていそんな度胸はない。おれが上げてくる実績。おれが持っている情報網。それらを切ることなど出来ない。おまけに部下のおれが捕まれば、こいつの履歴に傷がつく。

だから武田はその視線を平然と受け止めつづける。

案の定、相手から先に視線を外してきた。

「……とにかく、銃器薬物係も兼任する武田さんがその責任者なんです。できる限り努力してください。前年比割れ五割では話にもならない。私も本部への報告のしようがない」

「分かりました」

言い捨てて、課長席の前から踵《きびす》を返した。組対課の部屋全体が視界に入ってくる。全員が俯いたまま、同じような仕草で書類に見入っている。不自然極まりないその雰囲気。武田が振り返った途端、みんな顔を伏せた。

武田は思わず口の端を歪める。いったいここは小学校の教室か。

デスクの間を抜け、自分の椅子から上着を取る。出口へと向かっていく。しん、と静まり返っている。誰一人として武田には話しかけてこない。課長との軋轢《あつれき》を恐れている。みんな、自分がかわいいのだ。

が、組対課を出て、廊下をしばらく進んだときだった。

背後から靴音が近づいてきた。

「武田さん」

振り返った。松原《まつばら》がそこに立っていた。硬い表情を浮かべている。つい微笑む。この生真面目《きまじめ》な男。貸し借りの感覚の残っている最後の世代――。

「おう。なんだ?」

松原は束の間ためらった表情を浮かべたあと、口を開いた。

「武田さん、まずいですよ、あれ。上司に向かって」言いながら自分のつま先に視線を落とす。「嫌いなのは分かります。でも、差し出がましいようですが、多少は自分の立場にも気を遣ったほうが……」

そこまで言葉をつむぎ、あとは口籠る。

武田は笑った。

「おれを心配しているのか」

「……余計なことかもしれませんが」

ふたたび笑った。

「おまえが心配する必要はない」武田は松原の肩を軽く叩《たた》いた。「それよりも自分のことを考えろ」

もしおれが逮捕されたら、相棒だったおまえは大変なことになるぞ――。

だが、さすがにその言葉は呑《の》み込《こ》んだ。代わりにこう言った。

「おまえもそろそろ、異動願いを出したほうがいい」

はたして松原はぎょっとした顔をした。

気づいている。武田は皮肉な思いでその顔を見つめる。

暴力団との癒着《ゆちゃく》の件に、ということではない。そんなことはどこの署の暴力団対策係でも、あまり問題にはならない。情報を取るための必要悪だから、多少の付き合いは仕方がない。付き合えば自《おの》ずと貸し借りも発生してくる。現にこの松原もいろんな組と繋がりを持ち、商売へのお目こぼしも行っている。

だが、コカインにまみれた刑事は、絶対に許されない。

「仕事に戻れよ」

立ち尽くしている松原の肩をもう一度叩き、武田は歩き始めた。

エレベーターに乗り、地下駐車場まで降りる。覆面のセドリックに乗り込み、エンジンをかける。武田は普段は滅多なことではクルマを使わない。管轄内なら歩くほうが、管轄外の場所でも電車のほうが早い。

しかし今日は別だ。豊島区内で非公式の会合があった。

山手通りに面するそのファミレスには、十五分ほどで着いた。

相手はすでに来ていた。

窓際のテーブル席に二人の男が座っていた。駐車場から歩いてくる武田をすでに見つけていたらしく、店内に入るとすぐに一方が手を上げてきた。

テーブル席に座りながら武田は言った。

「悪いな。久しぶりに会うのにこんなヤボ用で」

「なに、いいさ」二人組の年かさのほうが答える。名前は吉永《よしなが》。警察学校で武田とは同期だった男だ。「本当は署に来てもらえればよかったんだがな」

現在は池袋西署の生活安全課にいる。性風俗関係や売春事件を主に担当している。刑事にしては人がいい。えぐい捜査のやり方も出来ない。当然、成績は今も昔も芳しくない。

「で、こいつが組対課の川端。昔、刑事課の強犯係で一緒に組んでいたことがある」そう言って、横の三十半ばの男に顎をしゃくる。「あの事件はこいつのところが担当している」

相手が軽く頭を下げてくる。武田も挨拶を返した。吉永は話しつづける。

「まだ情報は他の本部にはオープンに出来なくてな。無理を言ってきてもらった」

武田は川端という男に向かって軽く頭を下げた。

「わざわざすいません」

「いえ……困ったときはお互い様ですよ」川端がほんの少し微笑んだ。「しかし、なんでまた管轄外の、しかも方面本部まで違うこの事件のことをお知りになりたいんです？」

武田は要点をかいつまんで話した。管轄内の地回りのヤクザが殺されたこと。殺し方はコロンビア・マフィア独特の残忍なもので、カルロスという容疑者を捕まえたこと。しかしその背後にある組織についてはまったく口を割らないこと。逮捕に繋がったタレコミの電話は、日本人ではなかったこと。池袋の公衆電話からの発信だったこと。そして、今回のホテルでの惨殺事件。その手口からして、これも南米系の疑いが濃厚なこと。

「なるほど」川端はうなずいた。「コロンビア・マフィア同士の意趣《いしゅがえ》返し、という構図ですか」

呑み込みの早い男だった。

「その可能性が高いと思っています」武田はうなずいた。「で、できれば襲撃者の情報から、この容疑者の背後にある組織の手がかりが得られないかと思いまして」

川端もうなずいた。

「で、具体的にはどんなことをお知りになりたいのです？」

「公式発表されなかった情報の、すべてです」

今から聞く手がかりから、武田が地場ならではの利点を活《い》かして組織を突き止めたとする。それはこの男の所属する池袋西署にとっても容疑者の最有力候補となる。だからすべての情報を要求しても、この男は吞む。

案の定、川端はすんなりと手帳を開いた。

「では、要点をかいつまんで――」

ホテル裏口に襲撃者が現れたのは、午前一時三十分前後。

フロントの人間が階下の宿泊客から発砲音の第一報を受けたのが、一時三十三分。

最上階に駆けつけた時点で、一時三十五分。

その時点で該当するすべての部屋は、他殺体以外もぬけの殻だった。空薬莢《からやっきょう》以外の遺留品は、指紋も頭髪も一切なし。ホテル内での目撃情報もなし。裏口で背後から襲われた従業員も、襲撃者たちの顔を見ることは出来なかった。

「ま、今のところお手上げと言った状況です。言わずもがなですが、完全に手練《てだれ》の仕業でしょう」

川端の意見に、武田もうなずいた。

「ただひとつ、参考になるかどうかはわかりませんが、周辺部での聞き込みの結果、ホテルから近い劇場通りで、気になる情報を一つ、摑みました」

「情報？」

「ここと同じようなファミレスでの目撃情報です」川端は言った。「南米系らしき六、七人の集団が、当日の零時半ごろに現れたそうです」

「しかし、あの界隈ならコカ売りの南米系はいくらでもいるでしょう」武田は切り返した。

「何故、それが気になる情報なのです?」

「彼らの動きです。ウェイターも平日のこの時間帯はヒマで、彼らの動きをそれとなく見ていたらしいのです」川端は答えた。「まずは奥の長テーブルでひと塊になり、しばらく何かを話していたらしいのですが、午前一時半前になると一斉に立ち上がり、出口に向かっていきました。ただし、一人を除いてです」

武田はうなずいてその先を促した。

「立ち上がった男たちは、またすぐに戻ってくる旨を片言でこのウェイターに伝え、出て行きました」そこまで話して、相手は不意に笑った。「ちょっとそこまで煙草でも買いに行くような風情《ふぜい》で、実際に十分ほどで戻ってきたそうです」

男たちが出ていったのが、一時半前。戻ってきたのが一時四十分ごろ。犯行時間とぴったり重なり合う。

「当然、このファミレスには監視カメラのようなものはなかったんでしょう?」

「そうです」

この南米系の男たちが襲撃者だとしたら、そこまで調べ上げてそのファミレスを利用したということだ。百円パーキング。路上のパーキングメーター。都会での駐車スペースは、料金踏み倒しの増加に伴い、必ずといっていいほど監視カメラがある。多少の目撃証言が残るにしろ、クルマで集合するにはファミレスのほうがまだマシだということだろう。

川端は手帳を見て話しつづける。

「テーブルに一人残った男は、日本人だったそうです」

「日本人？」

川端はうなずいた。

「外見もそうですが、ウェイターがコーヒーのお替わりを注《つ》ぎに行ったとき、悪いね、と答えたそうです。その発音や仕草が、完全に日本人のものだったそうです。仲間の帰りを待っている間、ゆっくりと煙草をくゆらしていたそうです。男たちが戻ってきたときに代金を支払ったのも、その男です」

リーダーは、そいつだ――。

「で、その日本人の特徴は？」

「ほっそりとした体型の三十代前半の男だったそうです。瞳は切れ長の一重。鼻梁《びりょう》は高く、額は秀で、口元も引きしまった印象だったと言います」それから手帳から顔を上げた。「ま、少なくとも醜男《ぶおとこ》ではないでしょう」

「モンタージュか似顔絵を、あとでこちらに廻してもらうことはできますか？」

「もちろんです。現在作成中ですから、出来次第そちらに送らせてもらいます」川端はさらに言葉をつづける。「で、戻ってきた一団はすぐに支払いを済ませ、外に出ました」

「なるほど」

「二台のクルマに分乗し、駐車場から出て行くところをウェイターが目で追っていました。一台は黒い大型セダン。もう一台は、妙に派手な、黄色の中型セダンだったそうです」

「妙に派手？」

「全体的にいかつかった、と言うことらしいです。フェンダーが前後とも張り出し、リアには大きな羽――つまりウィングです。ボンネットにも穴が開いていたということです。エア・インテークでしょう。マフラーからの音がゴロゴロ言っていたとも言っていました」

「チューニング・カーということですか」

川端はうなずいた。

「おそらく」

武田はこんな場合ながら、つい笑い出しそうになった。大事な襲撃現場周辺に、そんな目立ち放題のド派手なクルマで乗り付けてくる。しかも色は夜目にも鮮やかな黄色。やはりラティーノのやることは一見完璧なようでいても、どこか間が抜けている。

「車種の特定は出来たのですか？」

「見本帳を見せたところ、有力な車種は二種類に絞り込まれました」川端は答えた。「スバルのインプレッサ・ＷＲＸか、三菱のランサー・エボリューションです。私が交通課などに問い合わせた限りでも、ボンネットにインテークが開いているようなセダンは、この二車種しかないということでした」

「ほう」

「で、この三菱のクルマには、その代表的なイメージ・カラーとして黄色があるようです。スバルにはありません。ですから、その持ち主がクルマの色を塗り替え、自分でエクステリアからの大幅な改造をしていない限りは、ほぼこの三菱に限定されるでしょう」

「なるほど」

「今、全国に散らばっている三菱のディーラーに、顧客リスト提出の協力依頼をかけているところです。二週間ほどですべての情報が集まります。そしてその情報から持ち主のすべてにあたりを付けていくのに、さらに最低で数週間はかかるでしょう」

武田はうなずいた。たしかに手間と時間はかかる。だが、確実な方法だ。

十分後、武田は三人分の支払いを済ませ、他の二人と店を出た。

駐車場に向かいながらも考える。

モンタージュは明日には川端が送ってくれるという。それを元に、地場の組織に聞き込みを行ってみよう。また、管轄内での交通違反の履歴を、該当車両に絞って調べてみるのも、一つの手かもしれない。

そんなことを思いながら、二人をクルマのそばまで送っていった。同期の吉永には目で軽く会釈をし、川端には頭を下げた。

「じゃあ、どうも今日はありがとうございました」

川端も頭を下げてくる。

踵を返して、自分が停めた駐車スペースまで戻った。

ポケットからキーを取りだそうとしたときだった。

「おい。武田――」

振り向くと、吉永がまだクルマの脇に立っていた。川端はすでに乗り込んでいるようだ。

「どうした、言い忘れたことでもあるのか？」

武田がそう呼びかけると、吉永はスーツのズボンに片手を突っ込んだまま、一瞬躊躇《ちゅうちょ》したような表情を見せた。

が、直後には顔をしかめ、武田のいる場所まですたすたと歩いてきた。

目の前まで寄ってきて立ち止まる。口は開かない。ただじっと、武田を見遣ってきた。

「なんだよ？」

武田がふたたび問いかけると、相手は視線を足元に落とし、いかにもつまらなそうに地面を軽く蹴った。それからようやく口を開いた。

「……おまえ、気をつけたほうがいい」

「コカ、だよ」吉永はズケリと言った。「聞いたぞ。同期中の噂《うわさ》になっている」

「何がだ？」

「──」

出来が悪いとはいえ、こいつも刑事の端くれだ。今日の武田を見て、中毒患者だということに気づいた。噂は本当だと知った。言い訳してもどうしようもない。

そんな武田を前に、吉永はまるで子どものように爪先で地面を蹴りつづけている。

「気をつけろ」もう一度、同じ言葉を繰り返した。「ここまで噂が広まっていたら、公安もおまえには目をつけているかも知れない。今日はそれを伝えるためもあって、わざわざこんなところにおまえを呼び出した」

「………」

「コカを止めるか、刑事を辞めるかのどっちかしかない」

武田には何も言えなかった。代わりに相手の二の腕をぽん、と叩いていた。

「すまんな。心配かけて」

すると吉永は、明らかにむっとした。

「ばかやろう」吉永は吐き捨てた。「カッコつけておれに気を遣う前に、ちったあ自分のことを考えろ」

つい腹の中で微笑む。やはりこいつは善人だ。二十年以上も前の警察学校の同期を、今も歯噛みするほどに心配している。

「とにかく、おれの言いたかったことは、それだけだ」

そう言い捨てると、武田の反応も待たずにクルマへと戻り始めた。

その後ろ姿を見送りながらも、武田は思う。汚辱と誘惑に塗《まみ》れたこの世界でも、餓鬼道《がきどう》に堕《お》ちることもなく、太陽が照らす足元を明るく歩きつづけられる人間はいる。

当然だ。自分の意思でそういう道を選んでいるからだ。例えばこの吉永がそうだ。

吉永が覆面パトカーに乗り込み駐車場から出て行くのを見送ってから、クルマに乗り込んだ。ひとつため息をつき、エンジンをかける。

山手通りへと出る。午後三時。道は意外と空いている。Dレンジに入れたまま、アクセルを踏み込む。それでも心の漣《さざなみ》は消えない。むしろ、苛立ちは増している。

……みんな知っている。

同期中の噂になっている。

それを思うだけで居たたまれない。おそらくは同期の〝恥部〟として扱われている。

ため息をつく。煙草に手を出しかけ、止める。吉永の言葉を反芻《はんすう》する。

コカを止めるか、刑事を辞めるか――。

だが、煙草ですら止められない人間が、コカを止められるわけがない。

ステアリングを握ったまま、軽く息を吐く。

二十数年前に警察学校に入ったときは、こんな現在が待ち受けていようとは夢にも思わなかった。

きっかけは、どうしようもないことからだった。

三年前の潜入捜査。新宿に新しく進出してこようとしていた関西系の広域暴力団がいた。そのフロント企業へ、付き合いのある地場の暴力団の身分を借りて潜入捜査を始めた。些《さ》細《さい》なことがきっかけで、身分を疑われた。ちょうどあのときの松原のように。銃を頭に突きつけられたまま、コカを吸引しろと要求された。どうしようもなかった。鼻孔から吸引したとき、頭の中でパチンと愉悦の気泡が弾《はじ》けた。

それでも一度だけだったら、なんとか引き返すことも出来ただろう。相手は二度、三度と会うたびに吸引を要求した。中毒症状に襲われ始めた。

実は、その相手は最初から武田の正体を知っていた。知った上で、あえて疑うふりをし、武田に何度もコカを吸引させた。身分を貸してくれた地場の暴力団もグルだった。和美の所属する風俗店を経営している組織だ。

武田は取り込まれた。「首なし」の拳銃とコカを定期的に与えられる代わりに、コカの密売をある程度の範囲で容認させられた。むろん、武田からも条件をつけた。所轄内でのコカの路上売買は行わず、いわゆる素人相手の商売はしないこと。また、それが原因での事件は起こさないこと。万が一トラブルが起こった場合は裏の世界だけで処理するか、出来ない場合は速やかに武田に連絡をつけ、トラブルが末端で留まっているうちに解決を図ること。

　相手側は約束を守った。

　だからこの数年、所轄内では麻薬がらみの事件も暴力団同士の大規模な抗争もほとんど起こらず、起こったとしてもスピード解決がほとんどだった。拳銃検挙率に関しても順調な実績を重ねることが出来た。かつての刑事課や今の組対課のキャリア組はその実績を手《て》土産《みやげ》に、次々と栄転していった。誰も損をしない予定調和の世界。

　間違っていることは分かっていた。自己欺瞞《ぎまん》に、ゆっくりと爛《ただ》れてゆく平穏な日常。

　だが、武田一人が躍起になったところで、需要がある限りは誰かがコカを売る。終わることのないもぐら叩きの繰り返しが待っているだけだ。であれば、最初から裏の世界をある程度のコントロール下に置いたほうがいい。そう思っていた。

　それが、今回の事件で漣《さざなみ》が立った。

　誰もその正体を掴めないコロンビア・マフィアの存在。別件容疑の積み重ねで勾留が一ヶ月以上になる容疑者――カルロスは今では頬がげっそりとやつれ、体重も十キロ近く落ちている。徐々に睡眠を削り取られているせいだ。相変わらず面会人も誰一人として訪れない。いわば捨てられたも同然の状態なのに、それでも依然として口を割ろうとしない。恐るべき精神力だった。

いったい何が、この容疑者の心をそこまで強靭《きょうじん》にさせるのか。カルロスをここまでの人間に仕立て上げたその組織のボスは、いったいどんな奴《やつ》なのか――。

そこまで考えて、ふと我に返る。

こんな状況になり、刑事という自分の立場に火がつき始めた今でも、気が付けばつい捜査のことを考えている。とんだお笑《わら》い種《ぐさ》だ。

今までは、大丈夫だった。

おかしな言い方になるが、武田は署内のキャリア組にその立場を守られていた。武田が上げてくる実績。それは即、上司の実績に繋がる。昇進の道具になる。だからふざけた勤務態度にも目をつぶっているし、よからぬ噂を聞いたとしても、自分が上司の時にはそれを調査しようとは思わない。もし不祥事が露見すれば、それはその上司のマイナス査定になるからだ。出世の目はそこでなくなる。だから歴代の上司は、あえて見ざる聞かざるの態度を貫いてきた。

自分のときに問題が起こらなければ、それでいい。

そう思い、問題を先送りにする。ババ抜きのゲームと同じだ。だが、最後には必ず誰かがババを引く。

コカを止めるか、刑事を辞めるか。

吉永は言った。

公安も目をつけているかもしれない。

そうだろうと思う。

同期中の噂になっているほどであれば、近いうちに公安の手が伸びてくることは、ほぼ間違いない。挙句、刑務所にぶち込まれる。元刑事の履歴を持つ囚人が、ブタ箱の中でどう扱われるかは容易に想像できる。その時点で、おれの人生は終わりだ。早くこの仕事を辞め、どこかに行方をくらましたほうがいい。

だが――。

家族も去っていった。妙子も武田の前から姿を消した。

残ったのは仕事だけだ。

おれからこの仕事を取ったら、何も残らない。ここから逃げ出したところで、他にやりたいこともない。

フロントガラスの向こうに、大型の家電量販店が見えてきた。三階建ての建物。屋上が駐車場になっているようだ。

自覚しないうちにステアリングを切っていた。車をスロープに乗り入れ、屋上まで上がっていく。

屋上の駐車場はクルマがまばらだった。

一番隅の駐車スペースにクルマを止め、コカを吸引した。

4

いつの間にか、こういうことになってしまった。

午前八時半。

出勤途中の勤め人たちに混じり、妙子は西新宿の北通りを歩いている。駅で電車を降り、西口から出て、センチュリーハイアットに向かって進んでいた。

時間的には充分間に合う。しかし勤め人たちのせかせかとした足取りに、妙子もつい足早になる。カーサを歌舞伎町で拾った翌日から数えて、今日でもう四日が過ぎていた。

あの最初の晩——。

カーサが戻ってくる直前に、あの男は申し出てきた。

「私たちは、あと二週間ほどはこの日本に滞在します」

妙子はうなずいた。松本もうなずき返し、言葉をつづけた。

「あの子は、あなたのことがとても気に入っているようです」

「そうですか」

「もしよろしければ、その期間、あの子のお守り役を仕事としてやっていただけないかと思っているのですが、いかがでしょう」

「は？」あまりにも唐突な提案に、妙子はつい聞き返した。「わたしがですか」

が、男は構わず話をつづけた。

「時間は、私が仕事で不在になる朝九時から夜の七時ごろまでです。あの子の面倒を見てもらうだけでいいのです。買い物に付き合ってもらったり、一緒に昼食を食べたり、散歩に連れ出してもらったりする。日当で三万ほどを考えていますが、いかがでしょう？」

この男は――。

妙子は思う。いったいなんなのだ。今知り合ったばかりの相手に、血は繋がっていないとはいえ大事な一人娘の世話を託そうとしている。そこまでわたしを信用していいのか。

妙子が口を開こうとした直後、テーブルの間をカーサが進んできた。松本に言われたとおり、片手には銀のシガレットケースを持っている。

カーサは椅子によじ登るようにして座った。まず父親にシガレットケースを渡し、次いで妙子を見て無邪気に笑いかけてくる。

「カーサ、妙子さんのこと、好きだろう？」

そう松本が日本語でゆっくりと問いかけると、

「うん《シ》」

と、カーサは大きくうなずいた。それから、ふたたび照れたように妙子に笑いかけてきた。

「ティコ、大好き。あんしん」

妙子は何も言えなかった。カーサは今、安心、と口にした。やはりこの子も感じている。そして松本のやり方。子どもをだしに使う。ずるい。これでは断りようがない。

——結局は、この親子の希望どおりになった。

そして妙子は今朝も七時に起き、こうしてセンチュリーハイアットに向かっている。ホテルのエントランスを入っていきながら、苦笑を浮かべた。

つい先日まで刑事だったというのに、半月も経たないうちに子守りの仕事に早がわりだ。しかも自分の意思とはまるっきり関係ないところで、こうなっている。間抜けなわたし。

エレベーターが上りきり、廊下に出て奥の部屋まで進んでいく。カードキーを差し込み、扉を開ける。部屋の奥からさっそくカーサが走ってきた。

「おはゆっ。ティコ」

「おはよう。カーサ」

答えながら部屋に入っていく。リビングでネクタイを着けていた松本がこちらを振り返り、ちらりと笑う。

「おはよう。妙子さん」

「おはようございます」

妙子もぎこちなく挨拶を返す。相変わらずこの男には人を緊張させるものがある。同じ匂いを感じる人種というだけではない。もっと違う何かがある。考えてみれば、この男の国籍と職業以外、わたしは何も知らない。

「ねえ、ティコ。今日は何して遊ぶ?」

カーサがさっそく妙子の腰にまとわり付きながら見上げてくる。その様子を見ながら、この子は本当に人見知りが激しいのかとつい疑ってしまう。少なくともわたしに対してはその気配の欠片もない。最初からすっかり気を許してしまっている。

「ティコ、何して遊ぶ?」

カーサは妙子の腰に手を添えたまま、繰り返す。

一昨日は電車でお台場に連れて行き、大観覧車に乗り、ビーナスフォートの中を巡った。昨日は午前中、部屋でフロントから借りてきたオセロゲームをし、午後は原宿まで出かけ、カーサに似合う子供服を買った。

カーサは今朝、その服をさっそく着ている。オリーブ色の綿パンに、ブルドッグのイラストの入った薄黄色のTシャツ。そのはしゃいでいる様子にとても似合っている。

妙子は昨日の夜考えたプランを口にした。そのためにネットでも検索してきた。三丁目でディズニーの映画が公開されている。

「今日はね、映画を見に行こう」

「えいが?」

「映画よ。ムービー。シネマ」

「ペリクラのことだ」スーツの上着を羽織りながら、松本が補足する。「シーネに行って、ペリクラを見る」

カーサにもようやく分かったらしく、えいが、えいが、と繰り返した。

昨日もそうだった。松本は自分がいる間は、絶えずカーサとの会話を補足してくれる。この男なりに気を遣っているのだろう。

松本がこちらに向き直った。

彼は仕事に出かけるとき、いつも同じ格好をしている。ごく薄いストライプの入ったシングルのブラック・スーツに、淡いブルーのシャツと黄色と黒の格子柄のタイを合わせる。嫌みがなく、それでいて隙のないシャープな印象を受ける。

昨日、買ってきたカーサの服を仕舞うとき、クローゼットの中を開けた。クリーニング済みのまったく同じブラック・スーツが二着と、同じくブルーのシャツが四枚、同じ柄のタイが二本かかっていた。だから常に格好が変わらない。自分が最も気に入った格好だけを、いつもしている。

服装にあまり興味がない人間の、お洒落《しゃれ》の仕方だ。こういう着こなし方をする人間が世の中にいると聞いたことはあったが、実際に見るのは妙子も初めてだった。

「たぶん今日は、六時ごろの帰宅になると思います」アタッシェケースを持ち上げながら、松本は言った。「何かあったら、携帯で呼び出してください」

「分かりました」

パピ、パピ、とカーサが両手を上げ、せがむような声を出す。父親は半ばしゃがみ込むようにしてカーサの額に口づけした。

「妙子さんの言うことを、ちゃんと、聞くんだ」

そう諭すようにゆっくりと日本語で言い、立ち上がった。

子どもに見せるこの男のこういう部分……この前、束の間わたしに覗かせた狂気など、微塵《みじん》も感じさせない。完全にいい父親を演じている。わたしもそうだ。この現実世界で擬態をつづけている。

松本は妙子を見て、軽く頭を下げてきた。

「では、お願いします」

言いながら、視線でテーブルの上の封筒を示す。いつも二万ほど入っている。その日一日の費用だ。だから妙子は領収書やレシートを付け、電車賃などレシートが出ない場合はメモ書きに残し、残額とともに夕方その封筒をテーブルの上に戻す。頼まれているわけではないが、なんとなくそうしている。

「こちらこそ」

妙子は返した。

松本はちらりと笑みを浮かべると、踵を返した。さっさと扉まで進んでいく。カーサがその後を小走りに追う。釣られるようにして妙子もドアの前まで進んだ。

「いってらっしゃい」

知らぬうちに右手を上げ、軽く振っていた。

「いっちらし」

脇に立つカーサも妙子の口真似をする。松本はもう一度少し笑うと、

「いってまいります」

そういい残し、ドアを開けて部屋を出て行った。

ぱちり。

と乾いた音を立ててドアが完全に閉まった。

既視感を覚える。

二十年以上も前の記憶。母親は父親を仕事で送り出すとき、いつも玄関の先まで見送って手を振っていた。幼い妙子も、何の疑問も持たずに手を振っていた。

だから今もごく自然に手を振ってしまった。

現実のしきたり。慣習。狂っている自分をオブラートに包んでいる。

思い至り、カーサを振り向く。

「カーサ、歯磨きはした？」

ノ、と少女は首を振る。「まーだ」
「じゃあ、歯磨きしてからお出かけだね」

「シ」

素直に洗面所へと向かっていく。洗面台の上に伸び上がるようにして、コップに立っている歯ブラシを手に取る。チューブから歯磨き粉を捻《ひね》り出《だ》すと、歯を磨き始めた。

この数日で分かった。カーサは歯磨きが嫌いだ。言われない限りは歯を磨こうとしない。

この仕事の初日に、父親から言われた。

「あの子は歯磨きのとき、だらだらと歯磨き粉を胸に垂らすので、注意してやってください」

できれば上着を脱がせて歯磨きをさせたほうがいいとも、言っていた。

「いつもそうしてますから」

だから三日前、カーサの上着を脱がせたうえで歯磨きをさせようとした。

ところがこの少女は、
大丈夫《ヴァレ》、大丈夫《ヴァレ》
そう唄うようにつぶやいて、服を着たまま歯を磨き始めた。心配になって見ていたが、涎《よだれ》は一滴も服にこぼさなかった。

一昨日も昨日もそうだった。結局は服を汚さずに歯を磨き終えた。父親から聞いた話とは違っていた。

昨夜の帰り際、カーサがトイレに行った隙に、松本にそのことを伝えた。

するとこのカーサの父親は一瞬、なんとも言えぬ表情を浮かべた。

何故そういう表情をするのかは分からなかったが、戸惑《とまど》いが三分の一、嬉しさが三分の一、そして不安が三分の一、というような、実に微妙な表情だった。

カーサの歯磨きの様子を眺めたまま、一人笑う。

たとえ束の間とはいえ、あの男にもあんな表情をするときがあるのだと思う。

今日も、カーサは涎をこぼさない。

そこまで見極めて、少女が散らかしたテーブルの上を片付け始めた。レターセットの落書きが目に留まる。細身の女の姿が描いてある。尖った顎。切れ長の瞳。口元はわずかに笑っているように見える。どうやら妙子のことを描いているようだ。稚拙な筆使いながらも、けっこうな美人に見える。微笑みながら表紙を閉じ、テーブルの隅に寄せる。

その脇に転がっていたボールペンとミニ・アルバムもテーブルの隅に寄せる。

カーサは妙子と一緒の間は、絵を描いたりミニ・アルバムを開けたりはしない。だから帰るときまで同じ場所にある。ところが翌朝来てみると、いつもこのアルバムの位置だけは動いている。夜に見直しているのだと思う。そこに、この日本での少女の寂しさを感じる。

カーサが歯磨きを終え、洗面所から出てきた。

「カーサ、あっちでは友達いっぱいいるの？」

「コモ？」

「ともだち、アミーガ。ブラジルでは、いっぱい居るの？」

カーサはやや小首を傾げ、近づいてきた。だが、何も言わない。歌舞伎町で出会ったときもそうだった。たまにこの子は、妙子の問いかけに無言になる。何故かは分からない。

妙子はさらに口を開こうとした。

直後、玄関のチャイムが鳴った。

思わずカーサと顔を見合わせた。少女が不思議そうな表情を浮かべている。むろん妙子もそうだ。この部屋には誰も訪れてこない。メイドは訪れてくるが、この時間帯ではない。

ドアのところまで進み、魚眼レンズを覗き込む。

ぎょっとした。

緑色のお面をつけた男が、廊下に立っている。昔、縁日の屋台で売っていたような安っぽいお面だ。仮面ライダーのお面に似ている。

お面をつけたままの男はしばらくその場に突っ立っていたが、またチャイムを鳴らした。

「キエン？」

振り向くとカーサが不安そうに妙子を見上げている。誰、と聞いてきている。昨日この少女から習ったばかりの単語だ。

「分からない」

そうつぶやくと、カーサが身を寄せてきた。爪先立ちになりながら魚眼レンズを覗き込む。途端、カーサはきゃっと笑った。

「どうしたの？」

「ティーオ」

そう言葉を返すと、そそくさとロックを解除し、妙子があっと思ったときにはドアを開け放っていた。お面につられ、カーサがドアを開けてしまったのだと思った。以前の職業柄、つい体が動いてしまった。警察学校で習った合気道の型。飛び込むようにして入ってきた男の腕を逆手《さかて》に捩《ね》じ上げ、

「あっ、痛っ！」

痛みに耐えかねた相手が喚《わめ》いたときには、床にもんどり打つに任せた。

同時に、その顔からぽろりとお面が取れた。いかにも人の良さそうな初老の男の顔が、その下から現れた。床に尻餅をついたまま、ぽかんと口を開け、呆気《あっけ》に取られて妙子を見上げている。

直後に気づいた。こんなに無用心で無防備な男が押し込み強盗であるはずがない。

あとでカーサに聞いた。

ティーオ、とは「おじさん」の意味だった。

思わず耳たぶまで赤くなる自分が分かった。

5

電話がかかってきたのは、昼過ぎだった。

ちょうどパトの運転で、外苑東通りを北上していたときだ。リキはスーツの内ポケットから携帯を取り出した。

「はい」

「おれだ。竹崎《たけさき》だ」

「ほお」

このエロ爺《じじい》に対してだけは、リキもついそんな気安い口調が出る。

――が、

「ほお、じゃないだろ」

竹崎はいきなり怒り出した。

今朝、カーサを驚かせてやろうと思ってホテルの部屋を訪ねたら、部屋の中に入るや否や、いきなり投げ飛ばされたのだという。

「あの若槻って女にだ」

気が付いたときには笑っていた。

あのいかにもクソ真面目そうな顔つきをぶら下げた女。そのくせに中身は狂っている。平然とナイフを押し付けてきたりもする。

それ以外にも、ここ数日で気づいたことがある。ちょっとした立ち居振る舞いや目の配り方に、何かしらの体術を会得した者に特有の所作《しょさ》の切れがある。

そんな女に、出合い頭に投げ飛ばされる。自称、老いぼれ棹師も形無しだ。

だいたいいな、と竹崎はなおも言《い》い募《つの》る。

「おまえが雇ったら雇ったで、一言おれに報告しておかないから、こんな目に遭うんだ」

リキは、なおもおかしさを堪《こら》えている。

「で、そんな文句を言うためにわざわざ電話をかけてきたのか」

「いや。違う」相手は不意に真面目な口調になった。「これはほんの前置きだ」

リキは携帯を持ち直した。

「おまえな、雇う前にあの女の身元調査は行ったのか?」

いや、とリキは答えた。「カーサが気に入ったようだったんで、今は無職だと言うことを聞いて雇った。以前は公務員をやっていたというし、真面目そうに見えたし、それだけだ」

さすがに同類だからだとは言いにくかった。

「じゃあ、その公務員の仕事が何かは聞いていないわけだな？」

「ああ」

吐息が受話口の向こうから洩れた。

「仰天するなよ」竹崎は言った。「元刑事だぞ。彼女の口から聞いた」

が、自分でも不思議なほど驚きはなかった。なるほど、と思っただけだ。

あの女の佇まい。死や暴力の匂いを嗅ぎつづけてきた人間特有の静けさを持っている。人間の汚泥を見つづけてきた者のみが持つ、煙るような眼差《まなざ》し。

「あるいは、とは思っていた」

「おまえ、それでいいのか？」呆れたように竹崎は言う。「前歴が前歴の女だ。もしおまえの正体に気づけば、どうなる？　間違いなく警察に連絡を取るぞ」

「だが今は気づいていない。気づいていれば、あんたに対して元刑事だとは打ち明けない」

竹崎は前後の事情を話してきた。

彼を投げ飛ばしたあと、若槻妙子はやや しどろもどろになりながら言い訳したという。

ごめんなさい。つい体が動いちゃって。

その後、竹崎は聞いた。

なにか警備関係のお仕事だったんですか。

するとと若槻は一瞬口ごもり、実は刑事だったんです、と告白してきた。護身術もそのときに習いました、と。

「おまえ、彼女にはブラジル出身だと嘘《うそ》をついているみたいだな。松本っていう偽名を使って」

「そうだ」

「でも、カーサは本名だろう」

「最初に出会ったとき、あの子が名乗ってしまっている」リキは言った。「だからニックネームということにしてある」

「だが、下手すりゃ何かの拍子にバレるぞ」竹崎はため息をついた。「馬鹿な男だ」

「そうならないように努める」

「参考になるか分からないが、あの女、辞めるまで新宿北署というところに勤めていたそうだ」

これには危うく携帯を取り落としそうになった。

「辞めた後も、つい癖で昔の管轄に足が伸びることが多かったそうだ。それであの子と出会った」

この男は知らない。今回のリキの来日目的が、定期会合のためだけだと思っている。北署に捕まっているパパリトのことは知らない。友達とはいえ部外者だ。そこまではリキも打ち明けていない。

「……そうか」

「それともう一つ。おまえの作り話に合わせて、おれとおまえとはマナウスの商工会議所で出会ったことにしてある。幸いあの街には、おれが昔勤めていたバイクメーカーの工場もあったんでな」

「分かった」

「とにかく、バレそうな状況になったら、すぐにあの女を辞めさせることだ。分かったな?」

それで電話は切れた。

しばらくしてため息をついた。

自分はいったい何をやっているのか。カーサと我が身の安全のためにゴンサロまで殺したというのに、今や懐に入っている可燃物は放っておく。

情愛ではない。そんなものは、はるか昔になくした。

だが、あの女を見るたびに心の奥底に沈殿したものが共振を始める。震え始める。ぞくぞくするような情欲。あの女もそうだ。思い焦がれている。正しく生きようとしているのに、自分の目に見えている世界はどうしようもなくかけ離れていく。その絶望感。苛立ち。

焦り。

ベロニカがそうだった。あの女もそうだろう。自分は救えない。世界も救えない。だからそのささやかな希望を他人に託そうとする。

……おれはいったい何を考えている。何かをあの女に期待しているのか。だから北署の元刑事ということが分かっても、そのまま放っておこうとしているのか。

他人への過剰な期待。つまるところ、それは幻想でしかない。必ずあとで手ひどいしっぺ返しを喰らう。

そこまで分かっていながら、なおもあの女の存在を放っておこうとしている自分。

一人苦笑した。おれもついにヤキが回り始めた。

「ボス、何かおもしろいことでも？」

気が付けばルームミラーの中、パトの両目がこちらを見ていた。忠実な犬。頭も心もすべてこちらに預けっぱなしにしている部下たち。リキの一挙手一投足に常に気を配っている。

仕方がない。リキがそう仕向けたのだ。裏切りと血と憎悪に塗れたアンティオキア人たちを、一枚岩の組織に向くように徐々に飼い慣らしていった。

ヤキが回るのはおれの勝手だ。だが、彼ら部下を巻き込むことはできない。

「いや。なんでもない」

そう答えて、携帯をしまった。

パトは微かにうなずき、また運転に集中し始めた。

6

取調室に入る。

松原がいる。振り返ってこちらを見る。ウンザリしきった表情を浮かべている。

そしてその向こうに、カルロスが座っている。

武田も思わずため息をつきたくなる。今までに何十回となく目にした光景。この南米生まれの容疑者は、今では連日十八時間もこの取調室に放り込まれている。睡眠は四時間を切っている。それでもまだ落ちない。

相変わらず武田と松原が交代で取調べに当たっているが、二人とも不在のときは、署内にいる部下をここに座らせ、カルロスがちょっとでもうとうとすると、すかさずペンで突き、覚醒させる。

テーブルまで進んでいく。

カルロスがこちらを見上げる。血走った目の下にくっきりとした隈が浮き、頬がげっそりとこけ、顔中に吹き出物が散らばっている。明らかにホルモンのバランスを崩している。

かつての色男然とした面影はもうどこにもない。

長期にわたる極度の睡眠不足は、精神の平衡感覚も著しく狂わせる。さらにつづけていけば軽度の精神障害を起こし、物事の識別能力がきわめて乏しくなる心神耗弱《こうじゃく》に陥る。最終的に心神喪失の状態にまで追い込めば、一種痴呆《ちほう》のような状態になって、しまいには発狂する。このやり方は、北朝鮮の政治犯収容所でも証明済みだ。

武田の見るところ、カルロスはすでに心神耗弱の段階にまで入ってきている。ここ数日、武田の問いかけにも鈍い反応しか示さない。

ひどいやり方だとは思う。現に、武田のこの服務規定を無視したやり方には、署内からもごうごうたる非難の声が上がっていた。銀蠅上司にはくどくどと説教をされ、部下や同僚からもやんわりと忠告されている。それでも武田はそれらの要求をことごとく撥ね付けた。すると彼らは、もう何も言わなくなった。

吉永の言葉――。

気をつけたほうがいい。同期の噂になっている。

すでにこの署内でも広まっているのかも知れない。彼らの無言。触らぬ神に祟《たた》りなし、というやつだ。誰も武田に対して深入りしてこようとはしない。じわじわと包囲網を狭められているような錯覚に陥る。

それでもそんな状況を一切無視し、この容疑者を落とすことに半ば意地のようになっている自分。

対して、孤立無援のままこの精神状態まで追い込んでも、相変わらず頑として口を割ろうとしないこの男――愚かなロバだ。

いい男だ。

皮肉でなく、そう思う。何がこの男をそうさせるのか……それを知りたい。

「今日は、いつもと違う話をしよう」

そう口を開き、椅子に腰掛けた。

カルロスは聞いているのかいないのか分からない。ただぼんやりとして武田を眺めている。

「先週な、池袋である事件が起こった」武田は言った。「ホテルに長期滞在していたコロンビア人六人が、惨殺された」

カルロスに反応はない。武田はさらに言葉をつづけた。

「殺されたのは、コロンビアのメデジンからやって来たコーヒー商の一行だ。代表者の名前は、エバリスト・ゴンサロ・アルディーラ。ただしこいつだけは行方不明だ。他の六人が殺された」

ちらり、とその瞳が微かに動いたのを武田は見逃さなかった。こいつはその名前を知っている。

「事件の前後、近くのファミレスで南米系の男たちの集団が目撃されている。事件の三十分前に集い、十分前にいなくなり、そして直後には戻ってきてすぐにファミレスを引き払っている」

カルロスは依然として無言だ。その瞳に、ふたたび薄い膜のようなものが張り始める。近づいたかと思えば遠くに去っていく。

「ファミレスで留守番をしていた人間がいた。たぶんボスだ。監視カメラをチェックしたところ、どう見ても日本人のようだった」事実にさりげなく嘘を紛れ込ませる。その嘘に信憑性《しんぴょうせい》を持たせる。誘導尋問の常套《じょうとう》手段でもある。「今、そのカメラの映像に補正を入れている。明日には顔写真となって各署にばら撒《ま》かれる。もし都下に潜伏しているのなら捕まるのは時間の問題だ」

カルロスが微かに俯いた。

「もう、充分だろ」武田は諭すように言った。「空港にも写真は配られる。日本を出ることはできない。おれたちに協力して、せめて自分の罪だけでも軽くしろ」

「…………」

「ついでにもうひとつ、決定的な証拠を押さえてある。集団の一人が乗っていたクルマだ。三菱のランサー・エボリューションとかいう、黄色いスポーツ・セダンだ。特殊なクルマらしいから、販売台数はそんなに多くない。歴代のモデルを合わせても、五万台足らずだ。

都内の登録だけだと、数千台。しかも持ち主は南米人。こちらからもやがてアシが付くだろう」

気づく。カルロスが俯いたまま、口の端を歪めている。下を向いたまま、笑っている。

武田の中で何かが弾けた。

気がついたときには椅子から飛び上がるようにして立ち上がり、カルロスを殴りつけていた。

「ち、ちょっと、武田さん！」

松原の驚いた声が響く。

二十年の警官暮らしで初めて取調室で腕を振り上げた。容疑者に拳《こぶし》を見舞った。自分でも信じられない。それでも勝手に体は動きつづける。さらに腕を振り上げ、相手のこめかみをしたたかに殴りつけた。カルロスは衝撃に椅子ごとひっくり返る。それでも笑いつづけている。

こいつは許せない。おれのことを馬鹿にしている。笑っている。おれのことを薄汚いサンピン野郎だと思っている。たかが殺し屋風情のくせに、骨の髄からの犯罪者のくせに、誰一人として面会に訪れないというのに、おまえは何をそんなに信じている。おまえの将来はそんなに希望に満ち溢れているのか。組織がそんなに大切なのか。おまえのボスはそんなに信用ができるのか――おれを笑っているのか。

ついには馬乗りになり、三度目の拳を見舞おうとした直後、

「やめてくださいっ」

松原が背後から武田を羽交い締めにした。両脇からその腕をまわして締め上げてきた。

泣き喚くような声音で松原は叫んだ。

「武田さん、いったいどうしちゃったんです！」

松原……おまえが何故そんなに悲しい声を上げる。

何故おまえはそんなに悲しい。何故おれはこんなにも虚《むな》しい。

おれの下のカルロスは、こんなにも愉快そうに笑っているというのに。

7

この仕事を始めて、六日が経った。

その区切りというわけでもないのだろうが、帰る間際、仕事から帰ってきた松本から夕食に誘われた。

「もしご予定があれば、断られても大丈夫ですよ」

しかし予定などあるわけがない。妙子は夕食の誘いに応じた。

それしてもこの松本という男、仕事に関しては土日も関係ないらしい。毎朝妙子が部屋

に着くと、入れ違いのようにして商談に出かけてゆく。

聞けば、首都圏に点在する県ごとの草花小売業組合や、その組合長を務める店舗の社長たちと会っているという。もう一つの商売であるコーヒー豆販売に関しても、その卸業組合やコーヒーメーカーの仕入れ部などに販促活動をかけているらしい。

企業に勤めた経験のない妙子にはよく分からないが、どうやら民間会社の社長というものはどの国でも似たような忙しさのようだ。

今、妙子はホテル内の中華レストランにいる。個室テーブルの向かいに、松本とカーサが座っている。

「今日は、どういう予定だったんです」

食事を口に運びながら、松本が聞いてきた。

「今日は、この前に行く予定だった映画を見てきました」

答えてから、相手の頬に微かな笑みが差し上るのを見た。少し気まずい思いを味わう。

二日前に映画にいきそびれたのは、思わぬ闖入者《ちんにゅうしゃ》が現れたからだ。あの竹崎という男だ。自分の勘違いから思わず投げ飛ばしてしまった話は、その日の帰宅時にちゃんと報告した。

するとそのとき、この男にしては珍しく歯を見せて笑った。

変な爺だったでしょう。

そう、あけすけに言ってきた。

確かに、と妙子は思う。

あの六十四歳の男。初対面の妙子に対してもまったく臆したところがなかった。どうでもいい世間話を午前中べらべらと喋りつづけ、しまいには、
いや〜、美人と話していると気持ちがいいですなあ。一緒に昼ごはんでも、いかがです?

などとカーサの前でも平気でのたまうような男だ。

正直、呆れた。

妙子の父親より年上だというのに、およそ人生の年輪というものを感じさせない。底なしの能天気さといい、無邪気な笑い方といい、それなりの人生経験も経てきているだろうに、それがぜんぜん身に沁《し》みていないようだ。

こんなふうにして歳を取る人間もいるのだということを、妙子は新鮮な驚きとともに知った。

そして気がつけばその竹崎の誘いに応じ、三人で昼食を摂ってしまっている自分がいた。

目の前の松本……カーサと二、三言交わしながら食事を口に運んでいる。あの竹崎という男を気に入っているのは、その口ぶりからも分かった。

でも、どこを気に入っているのか。妙子が見るところ、松本と竹崎の人間の成り立ちは

昼と夜ほどに違う。共通して言えることは、この二人と一緒にいると、妙子自身が妙に落ち着かない気持ちにさせられるということだけだ。

考えてみれば、バイクメーカーの現地法人代表と地場産業の社長という商工会議所の繋がりだけで、この日本に戻ってからも、いきなりホテルを訪ねてくるほどに親しい付き合いがつづくものだろうか。

「どうかしましたか？」

どうやらぼんやりと物思いに沈んでいたらしい。そう松本に問いかけられ、我に返った。

「――いえ」気が付けばつい口走っていた。「竹崎さんの、どこがお好きなんですか？」

松本は首をかしげた。

「あの男のことが、好きではないんですか」

「そういうわけではありません」妙子は返した。「とても愉快な人だと思います」

「では、関心がある、と？」

「そういうわけでもありませんけど」

そう答えてから、しまった、と思う。

が、すでに遅かった。

松本は妙子を見たまま、実に奇妙な笑い方をした。その笑みを見て、妙子は狼狽《ろうばい》に思わず唇を噛みそうになった。見抜かれた。

人間、自分がそう悪く思っていない相手のことを、唐突に第三者に聞いたりはしない。それを敢《あ》えて聞くということは、聞く相手の答え方に興味がある、と打ち明けているも同じことだ。

が、その微かに揶揄《やゆ》するような笑みは、相手の顔からすぐに消えた。

「あの男は世の中の見方というか、感じ方が面白いです」松本は生真面目に答えた。そしてその答え方も正確だった。「一緒に話していると、世の中もたまには楽しく思える。そこが気に入っています」

「はい」

「ま、息抜きのようなものです」

その最後の意味は分からなかったが、カーサの手前、なんとなく聞くのは憚《はばか》られた。だからしばらく黙ったまま、箸《はし》を動かしつづけた。

8

ニーニョから連絡を受けたのは、竹崎から電話のあった翌日のことだった。

「ボス、ロディーって奴、知ってます？」

一瞬分からなかったが、すぐに死んだゴンサロの用心棒だということに思い至った。

知っている、とリキは答えた。

ニーニョが言うには、そのロディーがリキに会いたいと言っているのだという。

リキは携帯を持ったまま、少し首をかしげた。

「どういう理由で？」

「私には言いませんでした」ニーニョは答えた。「ただ、ボスに得になる話だ、とは言っていました。部外者を一人、連れてくるそうです」

「そうか――」

あの用心棒。命を助けたとき感謝の表情を浮かべていた。しかもゴンサロの組織は、すでにフランコに牛耳られている。後釜に座る手助けをしたのはリキだ。リキとフランコの友好関係はしばらくつづくだろう。新たにその部下になったロディーが、自分を陥れようとする要因は何もない。

「よし、会おう」リキは言った。言いながらも頭の中でスケジュールを確認した。「今週の水曜の午後ならなんとかなる。そう伝えてくれ。場所は都内なら相手に任せる」

「分かりました」ニーニョは答えた。「それともうひとつ。例のものですが、ようやく最後の部品がチョーシ港に到着しました。今、倉庫で組み立てている最中です」

ようやく揃ったかと思う。ずいぶん長かった。嵩張《かさば》って目立つため、パーツをばらして違う漁船に三回に分けて母国から運び込んだ。

「弾薬も全部揃っているのか」

ええ、とニーニョは答えた。「十二・七ミリの対装甲弾が四百発。徹甲焼《しょう》夷《い》弾《だん》が百発。RC（鉄筋コンクリート）でも柔《やわ》な構造物なら、ものの一、二分で全壊にできます」

「ボンベは」

「五十リッター入りの水素ボンベが八本。プラスチック爆弾も四キロほど用意してあります。ハンドガンはベレッタのM93Rフル・オートマティカが全員分。防弾チョッキも全員分です。音響閃光弾《せんこうだん》も揃っています」

「分かった」

報告には満足だった。あとは、それを使ってパパリトを救出するだけだ。

そして今日、リキは西新宿の野村ビルにいる。最上階にある中華レストランだ。午後二時半。フロアにいる客の数はまばらだ。

リキの横にはパトが座っている。テーブルの向かい、リキの正面にはロディーが、そしてその隣には三十代半ばと思《おぼ》しき日本人が座っている。

お互いに自己紹介はしなかった。ロディーも隣の日本人を紹介しなかったし、リキも自分の名前を告げなかった。

それでいいと思う。紹介されなくても、おぼろげに見当はつく。

一見人がよさそうに見えるこの日本人。だが、その瞳は妙に動かない。瞬《まばた》きの回数も少ない。自分の内面をごく自然に押し隠せるこの感じ。警察の人間に多い。たぶんゴンサロの組織と前々から繋がりのあった悪徳刑事。だから、お互いに名乗る必要はない。

「このまえはどうも」と、ロディーがスペイン語で口を開いた。「今回の会合は、うちの新しいボスも承知しています」

リキはうなずいた。

おそらくはこの日本人が、リキにとって何か有益な情報をもたらしてくれる。フランコはそれで、リキにゴンサロを殺してもらった礼に代えようとしている。

もう一度、真面目くさったロディーの顔を見る。

この男もそうだ。ロディーは、隣に座っている日本人からリキにとっての有益な情報を摑んだ。まずはその情報をフランコに上げ、リキへのお礼として、こちらに知らせることを働きかけた。橋渡しをすることによって、おれに助けられた借りを返そうとしている。

リキも同じくスペイン語で返した。

「で、おれにとって得な情報とは？」

「隣の彼が、話してくれます」ロディーはそう言って、リキの顔をもう一度見つめてきた。

「日本語は大丈夫ですか？　もし苦手なら私が通訳しますけど」

リキは首を振った。

「不自由はない」そう言って、隣の男に日本語で話しかけた。「では、あなたのお話を、お伺いしましょう」

　日本人はうなずいた。束の間どういうふうに切り出すかを思案したようだが、すぐに口を開いた。

「四日前のことです。ある刑事と会いました。新宿北署に勤務している刑事です、主に銃器薬物と暴力団対策を担当しているという話でした」

　相手はテーブルの隅を見つめたまま、話しつづける。

「その刑事は、管轄外の事件——先日、池袋のホテルで起こったコロンビア人殺傷事件を調べていました。この事件が、彼が新宿北署の管轄内で逮捕したコロンビア人と何らかの因果関係があると考えているようです。逮捕したコロンビア人は地回りの暴力団を殺した容疑です。この刑事がどんなに責め立てても、未《いま》だにその犯行を認めず、背後の組織のことに関しても一切口を割らないそうです。起訴することも出来ないまま、署内の留置所に延々と勾留されつづけています」

　パパリト……しかしリキはすぐに気持ちを切り替え、目の前の日本人に関心を集中した。この男、自分の位置づけを意識的にぼかして説明している。だが、話の流れから分かる。間違いなく池袋管轄の刑事だ。

「この刑事は、池袋勤務の同期の刑事から事件の状況を聞きだしました。事件前後に、付近のファミレスに南米系の男たちが集まっていたこと。事件の起こった時刻にも、その男たちのうちの一人だけは残っていたこと。ウェイターの証言によれば、その残っていた男はどうやら日本人だったらしいこと――」

相手はそこで顔を上げ、一瞬、リキに強く目をあててきた。

それはおまえだろう、と暗に問いかけてきている。

「そのウェイターの証言で、他に分かったことは？」

素知らぬふりをして、リキは聞いた。相手はうなずき、傍《かたわ》らのバッグの中から一枚の紙片を取り出した。リキのほうに差し出してくる。

「鑑識が作成した、その日本人の似顔絵です」

紙片を手に取る。

一重の切れ長の瞳。細めの鼻梁。やや高い頬骨。細く尖った顎――リキに似た顔が、そこにはあった。あのウェイターもよく見ていたものだ。

反面、安心もした。

リキは自分の顔の造作をよく分かっている。コロンビアでは東洋人というだけで異様に目立つが、この日本に来れば、どこにでも転がっている細面の顔の一形態に過ぎない。特徴的な部位もなく、ほどほどに整った顔立ち。絵に起こしたときには、ほとんど印象に残らない目鼻立ちとも言える。

だから、この似顔絵を見た後でリキを見かけても、彼をそれと認識する人間はまずいないだろう。実際にリキ本人と似顔絵を見比べてみて、初めて似た人物だということが分かる程度だ。

リキは似顔絵を相手に返した。

「それともうひとつ――」受け取りながら、相手は口を開いた。「その男たちの乗ってきた車両で、一台だけ妙に印象に残っているクルマがあったそうです。黄色いスポーツセダンだと言っていました」

目の隅で捉えた。テーブルの下、パトの爪先が少し動いた。

「調べた結果、車種は三菱のランサー・エボリューションというクルマにほぼ特定されました。現在、ディーラーから顧客リストを出してもらっているところです。リストが全部揃ったところで、持ち主をすべてあたっていきます。おそらくは三週間から一ヶ月ほどかかります」そこで相手はふたたび顔を上げた。「これが、ファミレスから摑んだ情報のすべてです」

「なるほど」

リキはうなずいた。ただちに隣のパトにクルマを手放させよう。登録を抹消し、廃車にする。そしてパパリトの件が片付き次第、最優先でコロンビアに送還する。

「新宿北署の刑事の件に戻ります」日本人は言った。「彼は、自分の容疑者と池袋で事件を起こした集団が、同じ組織に所属するものだと考えているようです。おそらく今頃は、自分なりのやり方で池袋のファミレスにいた集団のことを調べているはずです。例えば管轄内の暴力団関係者に似顔絵を見せ、黄色いランサーの目撃情報を探る——そんなやり方でしょう。聞くところによると、この刑事は、界隈の暴力団関係者の間ではかなりの顔だということです。もしそのコロンビア人の組織が多少なりとも暴力団関係者に存在を知られているようなら、情報を取るのに長い時間はかからないでしょう」

歌舞伎町界隈の暴力団との関係。リキは定期的にニーニョやパトを使って、コカを流している。たぶん、あの黄色いクルマも目撃されている。

だが、組織の具体的な実態は話さないように言ってあるから、たとえパトやニーニョの存在を唄われたとしても、阿佐谷《あさがや》にある本部やリキ本人にまですぐに捜索の手が伸びてくることはない。

それでも彼ら部下が捕まらないように、何らかの手は打たなければならない。もたもたしていると、ニーニョとパトが第二、第三のパパリトになってしまう可能性もある。

——が。

ふと内心でほくそ笑む。

見方を変えれば、この危うい現状はとてつもなくおいしい状況だとも言える。

その刑事はパパリトの取調官もやっている。当然、新宿北署のどの階のどの場所に収容されているかも知っている。

リキは今まで日本の警察に接触を試みたことがない。今のところ賄賂《わいろ》を使ってまで便宜を図ってもらうほどの市場規模ではなかったし、だいいちそんなやり方はクソ真面目で小心な日本人には馴染まないと思っていた。それが逆に、今回のパパリト救出の件では仇《あだ》になった。新宿北署に勾留されていることは分かっているが、それがどこに監禁されているのか分からない。それを知るための人脈も手がかりもない。建物の青写真も手に入らない。

だからこそ圧倒的な重火器と爆発物にモノを言わせ、強引に中央突破を図るつもりでいた。間違いなく敵味方ともに相当な死傷者が出る。この国の警察全体の面子《メンツ》を潰すことにもなる。おそらく警察はその後、人員を総動員してリキたちの組織を捜索にかかる。最悪の場合、この将来的に旨みの見込める日本市場から組織を引き上げなくてはならない可能性もある。たかが部下一人を救い出すための代償としては、あまりにも大きい。

それでもリキは、やると決めていた。

裏切りと報復が日常的に支配しているコロンビア・マフィアの世界。すべての人間が常に不安に晒《さら》されている。そんな世界で息をする男たちが、もっとも心の拠《よ》り所《どころ》にするものは何か。自分たちが押し戴いたボスに求めるものは何か。

人間としての優しさでも、目先の利益でもない。一緒にいる快適さなどでも、もちろんない。

信──。

その一字に尽きる。

このボスは絶対に部下を見捨てない。裏切らない。その信用だけが、生まれ落ちたときから裏切りと報復に怯え、まるで捨てられた子犬のように孤独を託《かこ》ってきた男たちを居つかせる。見方を変えれば、一種の「終身雇用制」とも言える。かつての日本企業の繁栄を陰で支え続けてきた雇用システム。男たちの信頼の集合体が、組織を強固なものにしていく。

もしここでパパリトを見捨てれば、当座、日本の市場は安泰だろう。利益も今までどおりあがっていく。だが、彼らは心の奥底で感じる。いつかはおれもパパリトのようになる。見捨てられる。少しでも危うい状況になれば、平気でリキを裏切り、他の組織に乗り換えようと思う。結果、組織はゆっくりと崩壊に向かっていく。

だから、どんな犠牲を払おうとも、パパリトは救出しなければならない。そしてパパリトの居場所さえその刑事から聞き出せば、救出は圧倒的に容易なものとなる。死人の数も抑えられる。もしかしたら、限りなくゼロに近づけることも可能かもしれない。そう思った時点で、なるべく死傷者を出さないプランに変更しようと腹を決めた。死の量は恨みの量に比例する。少ない方がいいに決まっている。

だが、どうやるか。どうやってその男から居場所を聞き出すか。

それを今、リキは考えている。

拉致《らち》して殺すのは簡単だし良心の呵責《かしゃく》も感じないが、相手は刑事だ。その後の警察の騒ぎを考えると、あとあと面倒なことになるのは間違いない。相棒を殺された刑事が一生をかけて容疑者を追うのは、洋の東西を問わない。

出来ることなら、警察関係者の誰にも疑われないような始末の方法がないものだろうか。

考えながら顔を上げた。テーブルの向こうの日本人と視線が合った。

「その刑事の、所属と名前は」

「組織犯罪対策課の、武田という男です。現在の役職は銃器薬物・暴力団対策係の係長です」

組織犯罪対策課。しかも銃器薬物・暴力団対策係の責任者。

「どういう経歴の持ち主です」

「詳しくは知りません」相手は答えた。それからしばらく黙ったあと、ふたたび口を開いた。「……ですが、現状の評判なら聞いています」

そう言って、微かに見せたためらいの表情。

予感がした。自分でも知らぬうちにわずかに身を乗り出していた。

「それは、どういうものでしょう」リキは重ねて言った。「お教え願えませんか」

相手は微かにため息をついた。

「薬物中毒だという話を、小耳に挟みました」ついに口を割った。「地場の暴力団に便宜を図り、その対価を金と薬物というかたちで受け取っているようです。それで暴力団関係者には顔が利くのでしょう」

自分を誤魔化し、正当化しながら職務をつづけている警察官。コロンビアにも腐るほどいる。リキから現在も賄賂を受け取りつづけている。そしてそういう連中には、必ず私生活にも綻びがでてきている。

「他には？　プライベートでは、どうなんです？」

「女関係は以前から乱れていたようです。そのせいで妻とは離婚しています。今は水商売の女を囲っているようですが、かつては署内での不倫の噂もあったと聞いています」

ふと気になる。署内での不倫……あの若槻という女も、新宿北署だった。

あの女。そんなごろつき刑事と懇《ねんご》ろになるようなタイプとはちょっと考えられない。それに婦人警官などいくらでもいる。

頭を切り替えた。今考えることではない。

「他には？」さらにリキは聞いた。「他の噂はありませんか？」

相手はちらりと唇を舐めた。

「内部警察――公安が目をつけているという話です。そして本人も、そのことには気づいているらしいです」そして、こう付け加えた。「……まあ、本人が今後、どうするつもりかは知りませんが」

リキは相手の顔を見つめた。相手もリキの顔を見ていた。お互いにしばらく無言だった。この男が先ほどためらった理由に、ようやく合点《がてん》がいった。相手はあの時点で、武田という刑事を完全に売ることに腹を決めた。だから一瞬ためらった。

公安に目をつけられている悪徳刑事。そしてその事実を本人も知っている。捕まる前にいつ行方をくらましてもおかしくはない。

ある日突然連絡がつかなくなったとしても、公安はこの男が逃げたものだと考える、周囲もそう思う。表立った事件としては扱われない。リキたちの組織が疑われることはない――。

「分かりました」リキは軽く頭を下げた。「貴重な情報、どうもありがとうございました」

それから隣のパトに向かってうなずいてみせた。

パトがバッグの中から分厚い封筒を取り出す。受け取って、日本人の目の前に差し出した。

中身は札束だ。百万入っている。こんな場合になることも想定して、予《あらかじ》め用意してきた。

「これはささやかですが私からの気持ちです」滑らかな口調でリキは言った。賄賂は贈り慣れている。「是非、お受け取りください」

日本人はちらりと横のロディーを見た。ロディーが微かにうなずき返す。

「では、ありがたく」

日本人はそう言って、スーツの内ポケットに仕舞った。

「不躾《ぶしつけ》ですが、この武田氏についての情報をさらにいただけるような状況になれば、私たちとしては大変ありがたいです」つづけて提案した。「むろん、今以上に感謝の気持ちはご用意させていただくつもりです」

相手は一瞬、考えたようだ。

「たとえば、どんな情報でしょう？」

「署内のどういう女と不倫をしていたのか。今囲っている女の住まいはどこにあるのか。別れた家族はどこに住んでいるのか——そんな私的な情報です」

相手は暗い微笑を覗かせた。リキも笑った。悪党同士の笑み。お互いに分かっている。それらの情報を使って相手を拉致し、かつての縁者や情婦を皆殺しにすると脅し上げる。それでも相手が引き下がらないようなら、本人を殺す。コロンビア・マフィアの常套手段。

「いつごろまでに、必要でしょう？」

足元に火がつき始めている。ぐずぐずしている時間はない。武田とやらの周辺を早急に把握して、型《カタ》に嵌《は》める必要がある。

「できれば、今週末までにいただけると大変助かります」

「分かりました。連絡はまた彼を通してさせていただきます」

それで会合は終わった。リキとパトはテーブルを離れた。

日本人を残したまま、ロディーが出口まで見送りに来る。

エレベーターが上ってくる間、ロディーは二度、リキの顔をちらりと見てきた。しかし口は開かない。言いたいことは見当がついた。ロディーは言い出せずにいる。自分から口にするのは厚かましいと思っている。リキは口を開いた。

「ロディー、手間をかけたな」そう言ってロディーに笑いかけた。「これで、貸し借りはなしだ」

すると相手も、ほっとしたように口元を綻ばせた。

「ありがとうございます。セニョール・コバヤシ」

リキはもう一度微笑んだ。

これでこいつはもう、フランキーの命令さえあれば平気でおれに銃を向けてくる。引き金を引くのに何のためらいもないだろう。だからその区切りとして、ほっとした表情を浮かべた。

いい男だ、と思う。本物のシカリオとはこういうものだ。

乾いた音がして、エレベーターが到着した。リキとパトが乗り込む。

扉が完全に閉まるまでの間、ロディーは直立不動の姿勢のまま、リキに向かって頭を下げつづけていた。エレベーターが降り始めた。

ボス、とパトが呼びかけてきた。振り向くとフェルナンは少し笑っていた。

「あいつ、いい感じですね」

同じシカリオ。同じ行動原理で動く男。

「ああ」

とだけ、答えた。

9

少しでも口を動かそうとすると、口内が激烈に痛む。

あのタケダという刑事に、したたかに殴りつけられたからだ。

午前三時――。

パパリトは暗い獄舎の中に蹲《うずくま》っている。取調室からは、つい一時間ほど前に解放されたばかりだ。連日四時間弱の睡眠。食欲もほとんどない。舌がざらついているのが分かる。

あの刑事。タケダ……。

一人微笑みかけ、口内に痛みを感じて顔をしかめる。

ヤク中なのは最初から気づいていた。取調室で会うたびに、ますます確信を深めた。時おり漂ってくる甘い体臭。一瞬垣間見せる放心状態。鼻孔の際から覗いている気道内の赤い爛れ。疲れてくると、その表情に浮いてくる極度の倦怠感《けんたいかん》。暖かいこの季節だというのに、たまに咳《せ》き込《こ》む——たぶん肺もやられている。かなりの中毒症状に陥っている。相棒のマツバラとかいう男も気づいている様子だった。

裏社会に通暁《つうぎょう》している刑事。おそらくはジャパニーズ・マフィアや性風俗関係者と深く関わるうちにコカインに手を染めるようになった。どこにでもいる汚れ役だ。組織の必要悪とも言える。

……自分のようなシカリオと同じだ。

誰だってすすんで殺し屋になどなりたくない。ごくまれには自分からなりたがる奴も存在するが、そういう奴はたいがいの場合は性格異常者か人格破綻者だ。絶対に長続きしない。きっちりとした仕事の認識がもてないから、必ず杜撰《ずさん》極まりない殺し方をやり、自らの証拠を残し、やがては身を滅ぼしてゆく。

パパリトがシカリオの道を選んだのは、郷里ではそれしか金の稼ぎようがなかったからだ。その上、センスもあった。標的も、誰かに殺されても仕方のないようなロクデナシばかりだった。良心の呵責も感じることなく、殺しの稼業に身を染めた。十年以上つづけてきた。

正直にいえば、この仕事からは足を洗いたいと思っている。

だが、今の自分に出来ることはシカリオしかなかった。その技能でしか組織の中で存在できない。世の中で息をできない。

タケダも同じだと思う。

好きで悪徳警官になる人間もいないだろう。ただ、国家という樽《たる》に入った組織では、どこかで一瞬でも道を踏み外すと、もう元には戻れない。その罪は永久に消えない。ある意味、犯罪組織に属しているより立場が危うい。やがて来る自分の運命をうっすらと予感しながらも、道を踏み外したまま生きつづけざるを得ない。

昼間、タケダはリキのことを持ち出してきた。

池袋の事件。

殺されたのは間違いなくゴンサロの一味だ。リキが報復に出たのだ。報復は他の組織への見せしめだ。そしてその見せしめは、必ず自分の救出劇という形で幕を閉じる。このまま耐えつづけている限り、絶対に救いの手は伸びてくる。

嬉しかった。

が、目の前のタケダは、捕まるのは時間の問題だ、とクソ真面目な顔つきで言った。

滑稽だった。

こいつはコロンビア・マフィアの本当の恐ろしさを知らない。面が割れようが正体を摑まれようが、彼らはいったんやると決めたことはとことんまでやり通す。そして捕まる前に、自分たちを捕えようとする奴らを皆殺しにする。損得の問題ではない。それが彼らの――少なくともリキの――生き方だからだ。筋道の立て方だからだ。

なのにあいつは目撃情報がどうだの、写真の補正がどうだの、パトのクルマがどうだのと、そんなくだらぬ御託を延々と並べつづけていた。

おい、そんなことを言っている間に、自分の尻《ケツ》の心配でもしたらどうだ。

そのうちおまえは間違いなく破滅するぞ。それをなんで、ここまで刑事という仕事にむきになることが出来る？　何故、思い切り踏み外せない？

だが、踏み外せるはずもない。

この一ヶ月半、接してみて分かった。タケダは、すでに生きることに疲れ果てている。吹けば飛ぶほどのちっぽけな立場に後生大事にしがみつき、そのまま破滅を待っている。

そしてそんな奴が、あのリキを捕まえることができるという。

とんだお笑い種だ。

気がつけば笑っていた。思い切り殴りつけられていた。

タケダの目には怒りが宿っていた。自分に対する怒りと絶望感を、このおれに向けて転嫁してきた。

あわれなやつ――。

同情などなかった。まるで羽根車の中を回りつづけるコマネズミのような滑稽さと虚しさを、相手に感じただけだ。だから笑いつづけた。

「………………」

パパリトは暗闇の中でもう一度笑みを浮かべかけ、そして顔をしかめた。

日本でもコロンビアでも、自分から地獄に堕ちてゆく奴は相場が決まっている。馬鹿か利巧かではない。善人か悪人かでもない。

現実に目を閉じて生きている人間だ。はっきりと見えている絶望的な現実を、敢えて見ないようにする。見たいものしか見ない。気づかないふりをする。そうやって自分を誤魔化しつづけ、問題を先送りしていく。目を閉じている者に足元は見えない。だからやがて足を踏み外す。奈落の底に堕ちていく。

シカリオの未来しか見えていない自分。

他の生き方を考えるだけで、心のブレーカーが落ちる。暗闇の世界。

……おれもやがては地獄に堕ちる。

10

金曜日の午後。

阿佐谷の倉庫にバイク便が届いた。宛名はリキになっており、差出人はロディーだった。

例によってパトに車を運転させ、阿佐谷に赴いた。

一階の倉庫には、母国コロンビアから密輸してきた襲撃用の備品が積み上げられていた。数人の部下たちがそれら備品を整理し直している。

リキがワンボックスの後部座席から降りた途端、
あ、ボス、おはようございます。

そう言ってニーニョが駆け寄ってくる。

「バイク便の荷物は？」

「二階です」ニーニョが答える。「社長室のデスクに置いておきました」

リキは軽くうなずき、二階への階段を上り始めた。

二階の事務所は無人だった。社長室のドアを開け、椅子に腰を降ろす。デスク上の大判の封筒を手に取り、中身を開けた。

書類と薄紙に包まれた写真が出てきた。

まず書類に目を通し始めた。標的の情報をレポート用紙に箇条書きにしてある。

一枚目は、『本人の履歴・現状』という題目だった。

武田和重《かずしげ》。一九六六年生まれ。四十歳。（添付写真を参照）

新宿北署組織犯罪対策課銃器薬物・暴力団対策係長。警部。

本籍地。群馬県高崎市高槻町四×八。上記住所に両親ともに健在。

高校時代、柔道でインターハイ出場。階級別で全国ベストエイト。一九八五年、高校卒業と同時に警視庁警察学校に入学。ノンキャリア。半年後の一九八五年から一九九〇年まで練馬警察署地域課配属。一九九一年から一九九五年まで中野警察署刑事課。翌一九九六年から新宿北署刑事課。二〇〇〇年から同署で刑事課係長を拝命。二〇〇三年より、新設された組織犯罪対策課に異動。同課の係長。現在に至る。

現住所。東京都新宿区新宿七丁目×の十五　グランド・ムール高松四〇八。

なお、現住所には女の同居人あり。

山口和美。二十五歳（添付写真を参照）。歌舞伎町二丁目三番地の『麗羅』勤務。

そこまで読んで、早くも満足を覚える。

父親。母親。愛人。別れた家族以外に、この男に対してすでに三人の脅しの材料がある。

報告書の一枚目を読み終わったところで、薄紙を外して写真を取り出す。

一枚目は中年男性の写真。これが武田和重。正面から見たスーツ着用のバストアップ。警察関係の資料からの焼き増しだろう、ピンはやや甘いが再認には充分に役立つ。やや太目の眉の下、憂鬱そうな色を湛《たた》えた瞳がこちらを見ている。鼻筋は通っている。口はややへの字に曲がっている。全体としては、苦みばしった中年男、という印象だ。

汚職刑事になるタイプは、概してこういう顔つきの人間が多い。履歴から見て感じるのは、精力にモノを言わせて仕事をこなしていくタイプだろうということだ。自らの体力や気力に、ごく自然に自信を持っている。だから現場レベルでの仕事はできる。徐々に重要な事件を任せられるようになる。職場での影響力も持つようになる。

そして、そんな人物には敵側も利用価値を見《み》いだし、擦り寄り始める。使えないタイプには暴力団も擦り寄ることをしない。刑事のほうも捜査の裏情報を取るためには暴力団からの誘いを無下《むげ》には出来ない。やがて付き合いができ、癒着が始まる。

会社でも同じことだ。仕事の出来る人間が、よく汚職に手を染めてしまう所以《ゆえん》だ。

リキは少し微笑んだ。

母国でも汚職警官とはさんざん付き合ってきた。

刑事という仕事に染まった人間は、実に潰しの利かない存在だ。利潤を追求するのが企業で働く者の務めだが、彼らは〝悪〟を追及する。だから世の中のほとんどの仕事には、いつの間にか馴染まない体質となっている。それゆえ、警察官OBの再就職先はどこの国でもせいぜい警備業界ぐらいしかない。

そして彼ら刑事自身、そういうふうになってしまった自分をよく自覚している。彼らにはこの仕事を辞めても行くべき場所がない。行きたい場所もない。だから母国で付き合いのある汚職警官たちも、絶えず告発に怯えながらもずるずると刑事をつづけている。自ら進んで破滅を待っているような状況だ。ときにはその不安に堪えられなくなり、押収品の薬物に手を出してしまう。

この武田という男は、公安にも目をつけられているという話だ。本人も気づいているらしい。おまけにコカの中毒者でもある。最悪な状態だ。現状から推測されるこの男の心理状態。会ってはいなくても、手に取るように分かる。

そこまで思案したとき、リキの腹は決まった。そして腹が決まった以上、行動に移すのは早いほうがいい。

ふたたび微笑んでいる自分に気づく。やはりおれは悪党だ。

二枚目の写真に目を移す。

通りすがりを盗み撮りした写真のようだ。繁華街を歩いている若い女。バストアップのやや斜め正面から撮った横顔。いかにも玄人《くろうと》らしい化粧の仕方。顎が尖り、鼻頭がややつんと上を向いている。特に感想はない。多少崩れた色気を見てとるだけだ。これも再認するには充分な写真。

資料に視線を戻す。二枚目をめくる。

『過去の家族』とタイトルがついている。

一九九四年、結婚。二〇〇一年、離婚。

元妻・中谷理恵。三十五歳。

現住所。埼玉県さいたま市緑区見沼四の×　コーポ市河一〇四

ホームセンター『ジョイフル見沼』勤務。レジ係。雇用形態はパート。

長男・中谷重明。八歳（市立見沼小学校二年生）。

長女・中谷恵子。六歳（市立見沼保育園園児）。

養育費、不明。慰謝料、不明。

……これで、脅しに使える材料が六人になった。

三枚目の項目は、『職場での人間関係』。

現在の同僚。

松原幸雄《ゆきお》。三十三歳。組織犯罪対策課。銃器薬物・暴力団対策係。巡査部長。ノンキャリア。

現在の上司。

松本一男。二十七歳。役職、組織犯罪対策課長。警部。I種キャリア。

過去の不倫相手（憶測）。

三年前から同僚の婦警と肉体関係の噂あり。

何気なく次の行に視線を移した。途端、目が釘付《くぎづ》けになった。

若槻妙子。二十八歳。二〇〇五年八月末日、希望退職。現住所、東京都中野区野方一の五の……。

リキはしばらくの間、その最後の二行をじっと眺めていた。

煙草に火をつけ、思案した。

それから竹崎に電話をかけた。

11

土曜日の朝。

ニーニョは渋谷にいた。デルガドの逗留しているホテルで一緒にブランチをとり、それから駅前の旅行代理店に赴き、十数人分の部下のチケットを取って来た。

警察署襲撃の翌日から、組織の人間すべてが一時的にこの日本を去る。

パパリトを含めた三人は東京駅から銚子駅までのJR切符。そこからカルタヘナ行きのマグロ漁船に船員として乗り込む。パトを含む五人が沖縄経由与那国島《よなぐに》までの航空チケット。与那国からはリキの息のかかった漁船で台湾に渡る。残る三人が、新潟までの新幹線チケットと、新潟からウラジオストク行きのフェリーのチケット。この一行はニーニョが先導する。すべての税関でブラジル国籍の偽造パスポートを使用する。遅くとも襲撃から二日以内にはすべての人間が日本を去る。

そうなれば当然、この国にリキの組織の人間は誰もいなくなる。その空白となるエリアを、事件のほとぼりが冷めて舞い戻るまでの半年程度、デルガドの組織で面倒を見てもらう。

その件で、日本支部長であるニーニョはデルガドと会食を持った。リキの組織のエリアから吸い上げる粗利を、双方でどういうふうに按分《あんぶん》するかという話し合いだった。

リキは言った。

「奴はおれに借りがある。今回譲ったシミズ港の件と、ゴンサロのエリアの半分だ。無体なことは言わないはずだ」

ブランチを取りながらお互いの腹を探り合った。先に条件を提示してきたのはデルガドだった。

「あんたらが四で、こっちが六でどうだ？」

一瞬耳を疑った。

恐ろしいまでにいい条件だった。こちらは何もせずに寝ていても、今までの四割の粗利が転がり込んでくる。人件費も扱う手間賃もかかっていないから、当然そのまま純利となる。逆にデルガドの立場で言えば、人件費と扱う手間を差っ引けば、組織本体に残る純利は二割もないだろう。

「それで、いいんですか？」

むしろ用心深く、ニーニョは問い返した。

「リキへの恩返しという意味もある」デルガドはうなずいた。「あんたらに不満がなければ、おれはそれでいい」

不満などあるはずもなかった。ニーニョは大急ぎでうなずいた。うなずいてから後悔した。こういう落ち着きのない部分も、他の組織の日本支部長から侮られる理由だと感じる。

「で、その当日の準備のほうは大丈夫なのか」

デルガドは聞いてきた。

「大丈夫です」ニーニョはうなずいた。この相手にはエリアを預かってもらう関係もあり、警察からパパリトを奪還する予定は伝えてあった。ただし、具体的にどこで、どういう方法をとるかは話していない。「準備はほぼ最終段階です」

デルガドはうなずいた。

「で、あんたらはどういうルートで、いつこの日本を出る?」

口を開きかけ、止めた。そこまで話していいとはリキから言われていない。

正直にそう伝えると、デルガドは笑った。

「すみません、セニョール」

「いいさ」デルガドは言った。「単なる興味だ。おれには知る必要はない」

それで会食は終わった。

代理店に立ち寄る前に、リキに報告の電話を入れた。

按分の比率にはリキも満足を覚えているようだった。

「まあ、そんなところだろう」リキは言った。「今度会ったときには、やつにうまい飯でも奢《おご》る」

リキとデルガド。二人の間では、カルテルの発足当時から友好関係がつづいている。この日本に来ても連絡を取り合っている様子だ。東京でのお互いの逗留ホテルも知っている。通常ボス同士でここまでの密な繋がりを持つことはない。

だが、それは二人の共通の敵、ゴンサロがいたからでもある。奴がいなくなった今後、どちらがネオ・カルテルの主導権を握っていくのか。

しかし、それは今解決する問題ではない。

残る報告事項を伝えて、電話を切った。

ニーニョはパトと違ってクルマの運転が嫌いだ。下手だからだ。特にこのごみごみした東京では、事故を起こさずに運転する自信がない。

スクランブル交差点を渡り、ハチ公口のJRキップ売り場で阿佐谷までの切符を買った。

12

同日の午後。

妙子はカーサを連れ、また映画を観に行った。今度は『ドラえもん』だ。

週末の午後ということもあり、映画館の中は立ち見も出ている有様だった。

「どう、面白かった？」

映画館を出たあと、靖国通りを歩きながら妙子はたずねた。

ムチャ・ブエナ、とカーサが見上げてくる。繋いでいる手に少し力が籠る。

「ムチャ、おもし」

おもし、とは、面白かった、という意味だろう。妙子は微笑みながらカーサを見遣った。

先ほどの映画館でのことだ。分からない言葉が出るたびに、カーサは妙子に身を寄せ、そっと耳打ちしてきた。

ティコ、今なに？

妙子はそのたびに、日向《ひなた》の干草のような、ミルクのような匂いを鼻孔に感じた。カーサの襟元から漂ってくる子どもの匂い。薄闇の中、カーサの黒目がじっと妙子を見つめている。妙に切なくなった。思わずぎゅっと抱きしめてやりたい衝動に駆られた。

もし、この子が私の子どもなら――。

しかし直後には、慌ててその空想を振り払った。

この世の中に、何一つ拠り所のない自分。縋《すが》ろうとしている。

歩きながら腕時計を覗き込んだ。午後三時五十分。

夕食にはまだ早いが、妙子は聞いてみた。

「カーサ、お腹減った？」

「ウンポコ」と、カーサが親指と人差し指の間をほんのちょっぴり空けてみせる。少し、という意味だ。妙子はうなずき、口を開いた。

「じゃあ、何か少し食べる？」

カーサはやや小首をかしげた。

「ティコは、そうしたい？」

妙子は少し考えて答えた。

「ま、そうしてもいいかな」

カーサは生真面目な表情でうなずいた。

「じゃ、そうしる」

そうしる。そうする——そうしようよ。

不意におかしくなった。

この子は見かけは子どもでも、ちゃんと私に気を遣う。そういう意味では、もう充分に大人だ。

結局は、新宿区役所の目と鼻の先にある『ミスタードーナツ』に立ち寄った。

選んだ食べ物の精算をレジで済ませ、両手にプレートを抱え、窓際の席に移動する。カーサもあとからついてくる。窓際は禁煙席だ。妙子はカーサや松本といるとき、煙草は吸わない。

二人で席に座り、プレートの上からそれぞれの食べ物を取り分ける。妙子はシナモン・ドーナツとアイスティー。カーサの分は、チョコ・マフィンとアイスミルクだ。

「ありがと《グラシアス》」

そう口を開きながらカーサがさっそくマフィンを頬張る。

最近になって気づいた。この子は食べ物を三分の一ぐらいまで胃に納めるまでは、飲み物には絶対に手をつけない。浮浪児《ガミン》時代には、飲み物より食べ物のほうが絶対的にありがたい存在だったのだろう。飲み物は公園の水でも飲めばいいが、食べ物はそうはいかない。

ふと興味を持ち、質問してみた。

「カーサは、将来何になりたいの」

「しょうらい？」

とカーサは首をかしげる。

「大人になったときのことよ。何に、なりたい」

妙子はてっきり、看護師とか学校の先生とか、そういう職業の答えが返ってくるものだと思っていた。だが、しばらく黙り込んでいたカーサの答えは、意表を突いた。

「……ムヘール」

「え？」

「ムヘール」カーサは繰り返す。「おんな。結婚」

そう言って、通路脇のテーブルを小さな指で示した。視線で追う。テーブルには三歳ぐらいの男の子を膝に抱いた女性が座っていた。

おんな。結婚――お嫁さん、ということだ。

思わずカーサの顔をまじまじと見つめた。

テーブルの向こうの少女は、居心地が悪そうにもじもじしている。照れながら怯えている。

あっ、と思った。愕然とした。

この態度。間違いなく結婚相手を想定している。

そしてその相手を、妙子は一人しか知らない。

血の繋がらない親子。あと十年経つと、この子は十六歳。松本は四十五歳。不可能な年齢ではない。たとえ六歳でも女は女だ。この少女は単なる憧れや希望だけでモノを言っているのではない。こんな少女にも子宮は付いている。そしてその子宮の襞《ひだ》で粘るように将来のことを考え、計算している。女は油断がならない。

不意に、むかむかしてきた。

なんてずうずうしい。拾われたくせに。

黙ったまま俯いているカーサを見つめたまま、そう感じた。不愉快だった。先ほどのこの少女の匂い。いい匂いだと思った。抱きしめたいとさえ感じた。今は、その生臭さに吐き気さえ覚える。でも理性は囁《ささや》いている。彼女は何も悪くない。だからその嫌悪感を顔に出すまいと、必死に笑みつづけた。まるで別の表情を自分の顔に貼り付けているような錯覚。

嫉妬だ。それ以外にない。

私は、あの男に惚《ほ》れている——。

＊　　＊

五時になり、『ミスタードーナツ』を出た。

夕暮れの靖国通りをカーサの手を引いて歩き始めた。サブナード手前の信号まで来たとき、道路わきに停車している白黒のミニパトに気づいた。

助手席の窓が開いており、婦警が身を乗り出すようにしてチョークで路面に駐車違反を書き付けている。該当車両は、黒塗りの日産シーマ。歌舞伎町界隈のヤクザのクルマだろう。四年前までの仕事。懐かしいな、と感じる。

と、その婦警が顔を上げ、おや、という顔で妙子を見る。次いで白い歯を見せた。

秋子だった。秋子は妙子に向かって軽く手を上げ、車内に身を引いた。直後にミニパトが動き出し、妙子とカーサの前まできて止まった。

「久しぶりだねえ、妙子っ」

降り立つや否や、秋子は擦り寄らんばかりにして妙子の前まで来た。

つい微笑む。久しぶりもなにも、この間の送別会はほんの三週間ほど前のことだ。それなのに目の前の秋子は、まるで十年ぶりに会った旧友といわんばかりの懐かしさを全身から滲《にじ》ませている。再会の喜びに笑顔がはち切れそうだ。

こういうふうに無邪気に生きられたら、どんなにか幸せだろう――。

「あれ。妙子、その子は？」

相手が妙子の脇に視線を落とす。ふとジーンズの臀部《でんぶ》に感触を感じる。見下ろすと、カーサがいつの間にか妙子の背後に隠れるようにして立っていた。俯き加減の姿勢のまま、その左手が妙子の太股《ふともも》をしっかりと摑んでいる。

松本は言っていた。人見知りの激しいこの子。初対面の相手にすっかり臆している。

でも、わたしには最初から心を開いていた……。

先ほどの嫌悪感が遠のき、急に保護欲めいた愛情がこみ上げてきた。勝手なものだ。少女の右肩に手を載せ、妙子は口を開いた。

「この子はね、カーサ。ブラジル人」言いながらカーサの肩口を撫でてやる。「で、わたしは今、この彼女の子守りのバイトをしているの」

一瞬、秋子はぽかんとした表情を浮かべた。

「子守り？」

「そうよ」

妙子はさらに簡単に事情を説明した。十日ほど前、迷子になっていたカーサを拾ったこと。西新宿のホテルまで連れて行ったこと。父親はブラジルで商売を営む人間であること。その父親から子守りのアルバイトを引き受けたことなどを、かいつまんで話した。

へえーっ。

秋子は聞き終わると、素っ頓狂な声を上げた。

「すごいね、それ」

何がすごいのかは分からないが、とりあえず妙子はうなずいた。

「こんにちは」カーサの前にしゃがみ込み、秋子が微笑む。「あたしはね、秋子。このお姉さんのお友達」

「……おともだち？」

おずおずとカーサは口を開く。

「そう、友達。意味は分かる？」

カーサが小さくうなずく。

「ともだち。アミーガ」

それを受けて、秋子は大きくうなずいた。

「そう。だからね、そんなに怖がらなくても大丈夫よ」

次いでカーサの頭部に手をやり、その頭髪を撫で始めた。少女は一瞬びくりとしたが、相手に気まずい思いをさせたくないと思ったのか、ぎこちない笑みを懸命に浮かべている。

妙子は慌てて秋子に話しかけた。

「最近どうなの、支店の中は？」

支店。警察関係者の隠語。秋子は小首をかしげながらカーサの頭部に載せていた手を外す。妙子の質問に答えようと、関心がそちらに向かい始めている。

しかし、どうしてわたしが触れるのは良くて、秋子はだめなのだろう。彼女のほうが顔つきも穏やかだし、雰囲気も明るい。人当たりも柔らかい。

なのに、この子は嫌がっている。明らかに怖がっている……不意に松本の笑みが蘇《よみがえ》る。

私と同じ目をしている。同じ匂いがする。だから懐く――。

「……最近ね、署内の雰囲気、あんまり良くないの」

秋子の陰のある声音に、ふたたび現実に引き戻される。

「どうして？」

すると秋子はしばらく黙り込んでいたが、やがて口を開いた。

「武田さんのこと、知っているよね」

この予想外の問いかけには、思わず言葉を失くした。

「武田さん、やばいことになっている」秋子は言葉をつづける。「最近、公安からも目をつけられているって噂よ。私は部署も違うから詳しくはないんだけど、暴力団といろいろな裏取引をしているらしいって……それがバレたら、署長と刑事課長の首も間違いなく飛ぶだろうって」

秋子。交通課の、しかも噂話には疎いはずの彼女が、ここまで知っている……あの男、相当に危険なことになっている。

「本人は、気づいてないの？」

分からない、と秋子は首を振った。「でも最近、署内でも明らかに様子がおかしいの」

「どういうふうに」

「廊下ですれ違っただけの印象なんだけど、明らかに顔色は悪いし、妙に苛立っている表情はしているし、なんか、追い込まれているって感じ」

「――そう」

秋子はまたしばらく口をつぐんだ。その口元に微妙な緊張が走っている。そして次に妙子を見上げたとき、その瞳からは表情が消えていた。

「教えて、妙子」秋子は言った。「昔、武田さんと付き合っていたの？」

何故だろう。驚くほどあっさりと妙子はうなずいていた。

「そうよ。三年ほど前」そう言った直後、完全に自分の気持ちが吹っ切れているのが分かった。「でも一年半ですぐに駄目になった」

秋子は笑った。

「まるでティッシュでも捨てるみたいな口調ね」

妙子もつい笑った。

「そうね」

が、すぐに秋子は笑顔を引っ込めた。

「だったら言うけど、彼、たぶんコカイン中毒だと思う」

ぎくりとする。まさかこの子がここまで感づいているとは思わなかった。

「どうしてそう思うの」

「そういう噂があるし、前にすれ違ったとき、肩口から甘い臭いがした。間違いないと思う」

「……そう」

「行動も明らかにおかしくなっているのよ。何日か前も、ずいぶん前に捕まえていた外国人を取調室で何度も何度も殴りつけたらしいわ。明らかに法規違反だし――」

脳裏の隅でずっと気になっていた記憶が、不意に弾けた。愕然とした。

妙子はその容疑者を見知っている。コロンビア人マフィアだった。取調室に手錠をかけられたまま引かれていく姿を垣間見た。鋭く切り結んでいた顎のライン。すっきりとした立ち姿の優男《やさおとこ》。

思わず脇のカーサを振り返った。少女は妙子に手を握られたまま、まだ緊張して立っている。この子はミニ・アルバムを取り出したとき、妙子を見上げて無邪気に笑っていた。

これ、パパリト。

クルマ、使う。チョフェール。ぶぅん。ぶぅん。でも今、違う。

あの容疑者、以前には松本のお抱え運転手だった。ということは――。

「どうしたの、妙子」

秋子の声がどこからか聞こえてくる。

「顔色が悪いみたいだけど、だいじょうぶ？」

「あ……うん」

そう答えるのが精一杯だった。

13

闇に潜んだまま、パト・フェルナンは密かにほくそ笑んだ。

リキからもらった現住所と顔写真。個人の履歴情報も聞いた。

コカイン中毒の悪徳刑事。どうしようもない。そして、そんな最低な奴が正義面を振りかざしてパパリトを絞り上げている。胸くそが悪い。

が、今日でこの刑事《デカ》も、一巻の終わりだ。

マンションのエントランス脇の植え込み。もう一時間以上も潜んでいる。いい加減脚がしびれてきた。

三十分ほど前、細身の日本人女性がエントランスから出てきた。脳裏に記憶したもう一枚の写真で、あの馬糞野郎《ばふんやろう》の情婦《レコ》だということを確認した。日本人らしいのっぺりとした顔の造作に、気だるそうな表情が浮かんでいた。

なるほどな、とふたたび笑いを堪えた。ヤク中の刑事にはお似合いの、いかにもペラペラした安手の女だ。

武田という野郎が容易に口を割りそうになかったら、この女を捕まえて目の前で拷問にかけることになる。が、この程度の女なら、さほどの良心の呵責を感じなくてすみそうだ。

チャオ、ノヴィア。

心の中でつぶやく。

次にあんたに会うときは、あんたがその身を切り刻まれるときだ。

時計を見る。

午後八時。つい顔をしかめる。手のひらや首筋をずいぶんと藪蚊《やぶか》に刺されていた。

そろそろ帰ってきてもいいころだ。期待にワクワクする。復讐の快楽に胸が高鳴ってくる。

植え込みの向こうの私道に止めてあるクルマ。昨日レンタカー屋で借りたホンダのワンボックス。車体はゆるゆるだし、ふわふわとムカつく乗り心地。ちょっとしたコーナーでもすぐに挙動不審になる。最低だ。

でも、仕方がない。おれの恋人《ボニータ》はリキに言われ、三日前に廃車にした。とは言っても、登録だけを抹消した。今頃は都内のレンタル・スペースで埃《ほこり》を被っている。

車体まで潰せ、とリキには言われた。半泣きになりながらそれだけは勘弁してください、と訴えた。

おれの恋人《ボニータ》、ランサー・エボリューション。アニータでは決してない。悪趣味な色だと言われようが、不格好なスタイルだと笑われようが、板みたいな乗り心地だと文句を並べられようが、おれはあのクルマが大好きだ。日本にやってきて唯一良かったことは、このクルマに出会えたことだ。他に楽しいことなど、何もなかった。

そんな大事なクルマを、この武田たちのせいで廃車にせざるを得なくなった。事と次第によっては再びリキが態度を硬化させ、本当にクレーンで押し潰すことになるかも知れない。

おれにこんな悲しい思いをさせるこの国の刑事たち。本当にムカつく。皆殺しにしてやりたい。

八時半になった。

私道の向こう。垣間見える職安通りを無数のヘッドライトが流れていく。

その光の中に、男の人影が現れた。ゆっくりとこちらに近づいてくる。疲れた足取り。引き摺るようにして靴底を上下させている。フェルナンはじっとその男を見つめている。

やがて街灯の下、相手の顔が浮かび上がった。武田だ。目の下にくっきりと浮いている隈。いかつい顔の造作とは対照的に、たるみ気味になった顎。間違いない。

地面に置いていたバールをそっと右手に持つ。握り締める。勝負は一瞬だ。もたもたしていると誰かに目撃される。素早く失神させ、ワンボックスの後部座席に引き摺り込む。

武田が十メートル手前ほどまで迫ってきた。踝《くるぶし》を意識し、いつでも飛び出せる体勢をとる。血圧が上がってくるのを感じる。

武田がエントランスの階段に足をかけた。一歩、二歩……真横の位置。四歩目で完全に背中向きになった。

直後、フェルナンは闇から跳躍した。微かな物音を聞きつけた武田が振り返る直前、バールをその首に叩き込んだ。

14

「いいか？」

ドアにカードキーを差し込む前に、リキは念を押した。横の竹崎がうなずく。そしてため息をつく。

「ま、気は乗らないがな」

二日前、すべての事情は話した。警察署を襲うことも洗いざらいぶちまけた。

竹崎は素人だ。今までも犯罪に関わったことは一切ない。竹崎はすべてを聞き終わった後、顔を強張《こわば》らせ、やたらとため息をついていた。だが、やめろとは一言も言わなかった。そして今晩、カーサを連れ出してもらうことも了承をとった。後にはリキと若槻妙子だけが残る。

彼女はまだ知らない。リキの本当の正体には気づいていない。だが、新宿北署と武田に絡み始めるこれからのことを考えれば、どこかで気づかれる可能性はある。

束の間、殺そうかとも考えた。不安要素は潰しておくに越したことはない。それと知らせずにいきなり背後から彼女の頭部を撃ち抜く。そして死体は粉砕機《ミル》にかけ、粉々に砕いて田舎《いなか》の山林奥にばら撒く。日本の警察は徹底した物証主義だから、彼女は永久に行方不明者になる。

——だが、やはり出来るものではなかった。悪党には悪党なりの論理がある。

リキはギャング団の時代から多くのマフィア絡みの人間を殺してきたし、組織が大きくなってからの殺しの指示は、それ以上に多く下してきた。そしてそのことにためらいはむろんのこと、良心の呵責もたいして感じていなかった。

コロンビア・マフィアは、いつかは自分も殺されることを覚悟して生きている。パパリトもニーニョも、この前会ったロディーも然りだ。そしてゴンサロのように無残に殺されていく。この世界の当然の前提だ。家族もそれを覚悟している。殺すことに自己矛盾は感じない。

部下に殺しを指示してきた政治家や警察関係の人間にしても、さほど良心の呵責は覚えない。ターゲットは敵対する組織から賄賂を受け取っている警察署長や、反政府ゲリラと裏で手を組んでいるような政治家ばかりだ。自分は手を汚さずに立場を利用して、うまい汁だけを吸う。ある意味、マフィアよりも恥知らずの売国奴たちだ。

しかし、素人を殺したことは今までに一度もない。ましてやそれが自分の娘と仲良しで、リキとも顔見知り以上の間柄では、とても殺す気が湧いてこない。

若槻妙子。

おれと同じ種類の人間。見た途端に分かった。世界に倦《う》み、絶望している。絶望は静かな狂気と自滅願望へと向かっていく。それでも淡々と生きていこうとしている。

それがよりにもよって、あんないやらしい最低のゴロツキ刑事とできていた。怒りもある。失望も感じる。それは嫉妬だ。

だが、リキはまだ彼女の心の奥底は見ていない。どこまでの覚悟で生きているのかを知りたい。だから今夜、自分の正体を伝える。武田のことも伝える。

それを知ったとき、彼女はどうなるのか。どういう行動をとるのか。警察に駆け込むのか、駆け込まないのか。それは、その心の奥底に潜んでいるものによる。

その核心を見たうえで、殺すなら殺そうと思っていた。

もう一度竹崎を振り返る。竹崎がうなずき返す。

カードキーを差し込んだ。

＊　　＊

微かな開錠音に気づいた。

指先がぴくりと震えた。

妙子は時計を見た。六時半。松本が帰ってくるいつもの時間。

松本……。

ジョアン・フランシスコ・松本。たぶん偽名だ。ブラジル国籍だという話も大嘘だ。しかし名前などどうでもいい。大事なことはそんなことではない。

「あーい」

何も知らぬカーサが喜色満面で廊下へと跳び出ていく。妙子はソファに座ったまま、その小さな背中を追っている。心臓の鼓動が早くなっていく。落ち着け、だいじょうぶだ、と自分に言い聞かせる。刑事時代に経験したいくつもの事件と修羅場。わたしだってそういう経験を充分に積んできた。慌てることはない。

玄関のドアが開く音が聞こえる。ごくりと喉が鳴る。

ティーオっ！

カーサの嬌声《きょうせい》が弾ける。予想外のその言葉に戸惑う。おじさん？　松本ではなく、あの竹崎が来たのか。

顔を上げると、リビングの向こうにカーサに手を引かれた松本と竹崎が立っていた。ソファから立ち上がりながら妙子は口を開いた。

「おかえりなさい」

どうにかいつもの声音を出すことが出来た。松本が妙子を見て柔らかな笑みを覗かせる。

「ただいま戻りました」

いつもと変わらぬ松本の態度。しかし妙子の心は恐怖に震えている。

……わたしは、どうしてあの場で秋子に真実を告げなかったのだろう。

竹崎が自分を見つめていることに気づく。

「竹崎さんもご一緒だったんですね」

「はい」と、竹崎が元気良く答える。そして破顔する。「今日はね、実を言うと私の誕生日なんですよ。六十五歳」

こんな場合ながら、つい微笑んでしまう。何故なのか分からないが、この初老の男と話すと、妙に心が軽くなる。

「それは、おめでとうございます」

「ありがとうございます」竹崎はもう一度笑った。「でね、その記念というか、今晩はカーサにデートしてもらおうと思って、こうして厚かましくもお邪魔してしまったというわけです」

「はい？」

「行くよね、カーサ？」竹崎は少女を見て笑う。「今日はね、クルマで来たんだ。自動車《コーチェ》。オープンカーだよ」

「おぷん？」

「そう、屋根《テハード》がないコーチェだ。涼しい《フレースコ》。気持ちいいぞ」

「屋根ない……バルケッタ？」

そう、と竹崎が答える。「バルケッタだ」

「行く、行く」と、カーサが激しくうなずく。それから松本と妙子を振り向いてくる。

「みんな一緒、行く」

が、竹崎は首を振った。

「カーサ、借りたバルケッタは二人乗りなんだ。二人だけ。だからカーサしか乗れない」

「あーっ」

カーサはいかにも不満げに口を尖らせる。竹崎はそんな少女をあやすように言う。

「でもね、そのバルケッタでヨコハマって町に行く。ちょっと遠いけど、きれいな町だよ」

「ヨコ、ハマ……」

カーサは明らかに気乗りがしない様子だ。が、竹崎はさらに言葉を重ねる。

「そこにおいしいケーキ屋がある。とても甘い。おいしいケーキだよ。好きなだけ食べていい。食べに行こう」

するとカーサは二、三回睫《まつげ》を瞬かせた。何かを思案し始めている。

妙子には分かった。カーサは甘いものに目がない。今日のチョコ・マフィンにしてもそうだ。糖分たっぷりのものをとても好む。たぶん、飢えていたときの記憶がそうさせる。

三十分後、竹崎がカーサの手を引いて部屋を出て行った。出て行くとき、カーサは松本と妙子を何度も名残惜しそうに振りかえり、さかんに手を振った。

部屋には松本と妙子だけが残った。

「じゃあ、わたしはこれで――」

そう言ってふたたび立ち上がろうとしたとき、相手が口を開いた。

「もしよかったらですが、コーヒーでもいかがです？」

「え？」

「少しお話ししたいこともあります。ご一緒していただけませんか」

松本は少し微笑んだ。その目つきにぞくりとする。

まさか、と思う。この男はわたしと二人きりになるために竹崎を連れてきたのでは……。

たぶん竹崎から聞いて知っている。しかもわたしは新宿北署に在籍したことさえ話していた。十日ほど前のことだ。それなのに、この男は平然としてわたしを雇いつづけている。今も平気な顔をしてコーヒーに誘う。いったいどういうつもりなのか。

迷った挙句、口を開いた。

「はい」

松本はうなずいた。

「備え付けのものでもいいですか」

「はい」

緊張している。馬鹿のように同じ返答しか出来ない。松本が立ち上がり、キャビネットの上のポットに電源を入れる。コーヒーカップを取り出し始める。

テーブルの下に、いつかのミニ・アルバムが見え隠れしている。これさえ見なければ、私は何も知らないままだったのだ。何も知らないまま、カーサとこれからも楽しい時間を過ごすことができた。

不意に苛立ちを覚えた。わたしは何も悪くない。カーサも悪くない。

悪いのは、この男だ。

「カーサは、ずいぶんあなたに懐いているようです」背中を見せたまま松本が話し始めた。「おかげで私もずいぶんと助かっています。ありがとうございます」

どうしてだろう。さらに苛立つ。

この男は何を言っているのだ。わたしはそんな話が聞きたいわけではない。しかし、何故そう感じるのか……自分でも分からない。

松本はなおも口を開く。

「若槻さんは、ご両親はどちらにお住まいです？」

「世田谷です。場所はご存じですか？」

「いいえ」サイフォンを取り出しながら松本が答える。「地名は聞いたことがありますが、実際に行ったことはありません」

「そうですか」

「すみません」

「いいんですよ」妙子はつい返した。「わたしも、コロンビアになど行ったことがないのですから」

え――。

仰天した。今口にした言葉が自分でも信じられない。松本の背中が一瞬にして固まる。サイフォンを持っていた腕も止まる。

ぞっとする。相手に対してではない。こんなことを意識せずにぬるりと口にした自分――わたしはいったいどうしたのだ。

松本がサイフォンを置き、ゆっくりとこちらを向き始めた。

負けられない。咄嗟《とっさ》に感じる。

この男になど、負けてたまるか――。

気づいたときには体が動いていた。素早くテーブルの下のミニ・アルバムを手に取り、震える指先で件《くだん》のページを探す。すぐに見つかる。黒塗りのメルセデスをバックにした優男。運転手。カーサの笑顔。チョフェール。ぶぅん。ぶぅん。さらに苛立ちが募る。怒りに変わる。狂気が加速する。顔を上げた。松本と視線が絡む。

「この方、見かけたことがあります」またしても口が勝手に動く。自分でも分かる。半ば意識し、半ばトランス状態に陥っている。開いたアルバムを相手の前に突きつける。「前の職場で、取調室から出てくるのを見ました」

松本は無言のまま、じっとこちらを見ている。

「名前はパパリト。以前カーサに教えてもらいました」さらに畳み掛ける。「どうです、セニョール・松本？」

ようやく気づいた。そして情けなさに危うく泣き出しそうになった。

わたしは今、自分を売った。

手持ちのカードを曝《さら》け出《だ》し、この男に対して自分を売った。でも誘ってきたのはこの男だ。わたしの前職を知ってからも平然と自分の娘の世話をさせる。狂っている。でも、それはわたしも同じだ。命がけのポーカーゲーム。相手の一枚目も見ずに大事なカードをすべて曝け出す。愚かだ。すっかり取《と》り上《のぼ》せている。この男と、その背後にある世界に。わたしの心を震わせてくれる。恋ではない。情愛でもない。希望だ。闇への暗い希望だ。それを知りたい。垣間見《かいまみ》たい。

ようやく松本が一言発した。

「いつ、気づいたのです」

「今日の夕方です」妙子は震える声を必死に抑えつけた。「でも本当は、もっと前から感じていたのだと思います」

　相手の目元が微かに緩んだ。

「そんなことを口にして、わたしに殺されるとは思わないのですか」

「思います」

　いいんだ、死んでも――。ふと、そう感じる。

　わたしはもう、ずっと喘《あえ》いできた。砂漠に倒れた者が一掬《ひとすく》いの水を求めるように。

　武田は言った。乾いた砂丘の上を螺旋状《らせんじょう》に這《は》っていく砂蛇《サンド・スネーク》。

　でも、もう疲れた。嘘と虚栄と自己保身で塗り固められたこの世界。どこにも美しい風景などない。安らぎの場所はない。十年近く前、この世界だけは違うのではないかと考え、なってみた警察官。でも、その職場は外の社会以上に汚泥まみれだった。権力主義、出世主義、官僚主義。上司の保身と同僚の汚職。上層部からの圧力。道を踏み外したものは容赦なく切り捨てられていく。もう、ウンザリだ。わたしにはどこにも行く場所がない。

　気が付くと、松本が目の前まで来ていた。

　妙子の前に跪《ひざまず》くようにして身を折り、その手を取った。しげしげとその指先を眺めている。

「きれいな指先だ。ちゃんと手入れされている」松本はつぶやいた。妙子の顔を覗き込むようにして見上げ、笑った。「ずっと抑えてきたのですね。こうやって」

そうだ。でもそれはこの男も同じだ。クローゼットの中に並ぶ同じスーツ。絶望を日常に包み込む手段。姿かたちに包み込んでいく。決して自暴自棄にはならない。理性がそれを抑え、何重にもカタチの中に封じ込めていく。その擬態。誰にも気づかれたくはない。自分を慈《いつく》しみ、育ててくれた両親。ずっと見守っていけばいい。今まで付き合ってきた男たち。耐えられない相手からは離れていけばいい。地獄に堕ち始めている武田。狂気に堪えられないのなら、むしろ死を選べばいい。そうやってすべてを切り捨て、一人の世界を選んできた。

わたしはずっと、孤独の檻《おり》の中《なか》にいた。

気がつけば泣いていた。

この男の風韻《ふういん》、瞳の色。それがいっそうわたしを悲しくさせる。

＊　＊

リキの下で、女の裸体が蠢いている。

若槻妙子。狂ったようにその体がしなっている。少し濡れた口元が薄闇の中で光る。リキの体の下で、まるで裏返しにされたカエルのように無防備な姿態を曝け出している。ベッドまで運んで裸に剝いたとき、すでに陰部は濡れ輝いていた。興奮していた。おれと同じだ。孤独の正体とは、常に無様なものだ。

先ほど、はっきりと分かった。この女は自分から進んで死地に足を踏み入れるようなことを平気で言い出した。

初めてこの女を見たときから感じていたもの……。

愚かなものにしか惹かれない。不幸なものにしか美しさを感じない。孤独に震え、その狂気を必死に押し隠している者にしか愛《いと》しさを覚えない。

狂っている。だからあの武田とかいう男とできていた。

おれもそうだ。

生まれも育ちも関係ない。日本もコロンビアも関係ない。貧乏だったか金持ちだったかも関係ない。ある日、突然変異のようにして生まれ落ちる。そしてもし同じ人間に出会えなければ、一生を孤独のなかで生きていく。

彼女の裸体。息が速くなっている。必死にリキにしがみついてきている。

いいのか、とリキは聞いた。

いい、と、喘ぎながら彼女は答えた。「これで、いい」

直後、リキは放出した。

＊　　　＊

携帯の電子音が鳴ったとき、すでに松本は妙子の傍らにはいなかった。柔らかなスタンドライトの中、ソファで煙草をくゆらしていた。

「はい」

松本が携帯を手に取り、口を開く。妙子はその様子をシーツ越しに眺めている。少し体を捻る。体液が、膣の中の襞をゆっくりと伝うのが分かる。

さきほど、この男に問いかけられた。

いい、と妙子は答えた。生理の周期から考えて充分に子を宿す可能性はあった。それでも受け入れた。

これで良かったのだ。父親など要《い》らない。もしそうなれば、わたしはわたし一人で生まれた子を育てていく。

松本は携帯を持ったまま少し首をかしげている。そして時おり、スペイン語で何かをつぶやく。やがて電話が切れた。

携帯をテーブルの上に置き、こちらにゆっくりと歩いてくる。

「聞きたいことがあります」松本は事務的に口を開いた。「あなたは、北署の内部には詳しいのですか」

この狎《な》れ合《あ》いのなさ。つい先ほどまで同衾《どうきん》していたことなど微塵も感じさせない。そして抱き合ったあとすぐに、自分を利用しようとするこの非情さ。やはり、と思う。

「その部下を救い出すためですか」妙子は言った。「私に内部情報を教えろ、と？」

「そうです」

「もし断れば、どうなります」

すると相手は微かに笑った。薄闇の中、白い歯が覗く。

「どうもしませんよ」松本は答えた。「あなたを殺すことも、どこかに監禁することもしない。ついでに付け加えれば、私たちのことを警察に通報してもらっても構わない。むしろんそうなれば、あなたに対する報復は行います。どこに隠れていても必ず見つけ出し、ついでにあなたのご家族にも死んでいただきます。が、基本的にあなたを束縛することは、あなたが裏切るまではしないつもりです」

「何故です」

「裏切られたとしても、私たちがやる事は決まっているからです。内部の構造が分からないなら分からないまま、正面から強行突破するだけです」

「無理だと思いますよ」妙子は署内の構造を思い出しながら口を開いた。「あなたの部下のところまで辿《たど》りつくことは、まず不可能です。必ず失敗します」

「銃器といえばハンドガンか、せいぜいショットガンしか持たない相手に対してですか?」そう、揶揄するように軽い口調で言う。「私たちの国には、最高裁判所をロケット弾で半壊にしてしまう輩《やから》もいる。必要とあれば法務大臣を殺すシカリオもいる。この国の常識は、私たちコロンビア人には通用しませんよ」

「………」

「言葉が過ぎましたね。とにかく、やりようによっては可能だと考えています」

「では、何故わたしにそんなことを聞くのです」妙子は反論した。「やりたければ勝手に襲えばいいじゃないですか」

「死人が数多く出るのは、お互いにとって無駄だからです」松本は答えた。「なるべく効率よく、無駄がなく部下を救い出したい。そうすればお互いの生存率は高まります。だから、居場所が知りたい」

束の間考える。秋子。武田……そしてかつての同僚たち。仕方がない。

「分かりました」妙子は言った。「ただし、条件があります。警察側からの死者を一人も出さないと約束してくれるのなら」

松本は軽く肩をすくめた。

「言われるまでもなく、そう努めるつもりですよ。相手から買う恨みは軽いほうがいい」

が、妙子は首を振った。

「わたしが求めているのは、約束です。死者を出さないこと、たとえ相手を撃ったにしても、それが後遺症になるような部位は撃たないこと。顔も駄目です。……さあ、約束してください」

　言い切り、相手の顔をじっと見つめた。

　すると相手は不意に破顔した。今まで見たこともない、妙子がはっとするほどの無邪気な笑顔だった。

「子どものようなことを言う人だ、あなたは」松本は言った。「だから、そう努めるつもりだと言っているじゃないですか」

　この男、心底困っている。おかしくなった。軽い口調で返した。

「もし約束を守れなかった場合、あなたが死ねばいいだけの話じゃないですか。というか、死んでください。その気で事に当たってください」

「なるほど」松本はあっさりとうなずいた。「では、私からも条件があります」

「どんな？」

「もし私が死んだ場合、あなたには竹崎とともに、カーサの後見人になってもらいたい」

「はい？」

「あの子はどのみち来年から、この日本で育てるつもりでした。その養父に竹崎を、と考えていました」

驚いた。つい聞いた。

「カーサは、そのことを知っているのですか」

相手は首を振った。

「来年コロンビアの自宅に竹崎を呼んで、そのときに事情を話すつもりでした」そしてふたたび微笑んだ。「いろいろ考えた結果、この方法が彼女の将来にとって最もいいと考えたのです」

「………」

「どうです。この条件、受け入れますか？　だったら私は死んでもいい」

束の間考えた。だが、躊躇《ためら》いも迷いもなかった。

「わかりました」

自分でも驚くほどはっきりと言ってのけた。それから気づく。わたしは本気だ。あの子を引き取って育てるつもりでいる。

「ところで、あなたの本当の名前は？」

「リキ・小林・ガルシア」

「では、カーサは？」

「それは本名です」相手は答えた。「カーサ・小林・ガルシア。ニックネームではない」

妙子は笑った。

それから三十分ほどかけて、見取り図を描き上げた。

「この最上階に、代用監獄として使われている留置所があります」

妙子は図面を指差しながら言った。

「代用監獄？」

「刑務所の署内版みたいなものです」妙子は説明した。「取調べの長引く容疑者を、収監しておくところです」

「五部屋ありますね」小林が質問してきた。「どこに入れられているのでしょう？」

「それは、私にも分かりません」

ふむ、と小林は首を捻った。それからテーブルの上の携帯を取り、電話をかけ始めた。
一、二分ほどで相手との会話は終わった。携帯を切り、ふたたびこちらを見てきた。
「今からある場所に行きます」小林は言った。「そこに、あなたも知っている人間がいます。一緒に行きたければ、連れて行きますが」

「誰でしょう」

「武田という刑事です」小林は妙子の目を見つめたまま、答えた。「先ほど、本人を確保しました」

ホテルのロータリーでタクシーに乗り込んだとき、小林は代々木駅まで、と告げた。

が、代々木駅でタクシーを降り、駅に向かうかと思えば、ふたたび違うタクシーに乗り込んだ。

「杉並区の阿佐谷まで」

万が一の用心のためだろう。襲撃の後、捜査が始まる。新宿界隈のタクシーには聞き込みが及ぶ。

小林は代々木駅に着くまで黙っていた。むろん妙子も口を開かなかった。

この男……わたしには素知らぬ顔をしたまま、あの容疑者の担当である武田にまで密かに手を打っていた。そして拉致した。むろんわたしと武田とのかつての関係も知っている。だから先ほど、わざと視線を逸《そ》らさずに武田のことを告げた。知った上でわたしを抱いた。それだけでなく、子どもを孕《はら》ませるような真似まで平然とやってのけた。そしてその女に、死ねばカーサを引き取れとまで言う。

これが、この男の生き方なのだろうか。

良いとか悪いとかいう問題ではない。非情とか非情でないとかいう問題でもない。そういう二元論を超越したところに、この男はいる。鳥肌が立つ。

「ショックでしたか」

静かな声で小林が問いかけてくる。囁くような声音だ。

「ええ」

同じく小さな声で妙子は答えた。エンジンの音。フロアから上がってくる路面音。たぶん運転手には聞こえない。

「武田を、どうするつもりなのです」

「パパリトの居場所を聞き出します」

「もし彼が拒否したら？」

「あなたに言ったことと同じ内容を繰り返すだけです」小林は答えた。「そして事が片付くまでは、事務所にいてもらいます。彼は誰にも教えることができない。警察側の被害を減らすためにも、受けざるを得ない」

「でも、その後は」妙子は問いかけた。「すべてが終わった後は？」

「彼の意思に任せます。ですが、おそらく彼は職場には戻らないでしょう」

「どうしてそう思うの？」

この答えは、一瞬遅れた。

「遅かれ早かれ、彼は公安に捕まります。そして刑務所に送られる。元刑事が監獄でどういう仕打ちを受けるかは、彼にも想像がついているはずです」

そこまで把握していたのかと驚いた。小林の言葉はつづく。

「どこかに逃げたいのなら、逃亡資金も用意するつもりです。が、私が考えるに、彼はそれを受けないでしょう」

「何故です」

小林はちらりと妙子を見てきた。

「あなたは一時期でも、あの男に好意を抱いていた。だから関係を持った。社会的にはどうしようもない悪徳刑事とはいえ、それだけの何かが、その男にはあったのでしょう」

「……だから？」

「そんな男が、私の申し出を受けるとはとうてい思えませんね」

たしかにそうかも知れない。

武田。どちらにしてもその行きつく先は、地獄でしかない。最初から分かっていたことだ――。

15

おぅい――。

どこからか、微かに呼びかけが聞こえる。

「おぅい、起きーろ」

う……。

白い光。瞼《まぶた》から沁みこんでくる。ひどく頭が痛む。思い出す。マンションの階段。昇り際にいきなり後頭部を殴られた。

両手は後ろに回っている。その手首に軽い痺《しび》れを感じる。両足首もそうだ。背中と臀部から、ひんやりとした固い感触が伝わってくる。ようやく状況を把握する。両手両足首を縛り上げられ、コンクリートの床に転がされている。

目を開けた。まだ視界がぼんやりとしている。目の前に男がしゃがみ込んでいる。武田の顔を覗き込んでいる。焦点が合ってくる。日本人ではない。肉厚でもじゃもじゃとした巻き毛の、典型的なラティーノの顔がそこにはある。

「オイガッ、ニーニョ」

男は後ろを見て喚き声を上げた。が、その後につづいた外国語の羅列は、どうやらスペイン語らしいということ以外、まったく意味が分からなかった。

視線を巻き毛男の背後に移す。三十代前半と思しき小柄な男が、コンクリートの床の上に突っ立っている。ぱっと見には百六十センチそこそこしかない。

二人は何かスペイン語で言葉を交わした。

巻き毛の肉厚男がこちらを振り返る。

「おうい、タケダ」そう口を開きながら、ふたたび武田の前にしゃがみ込む。「どうしてタケダがここいるか、分かる？」

武田は首を振った。すると相手は笑った。

「カルロス。あんたが捕まえた。だから、おれもあんたを捕まえた」

そうか。こいつがマンションの前でおれを襲ったのか。

「おまえ、誰だ」

途端に張り手が飛んできた。閉じた目の奥で火花が散る。右頬も痺れる。

「こっちが質問する。そして、あんたが答える」笑いながら巻き毛は言う。「逆。違うよ。エンティエンド？　分かる？」

この男、妙に愉快そうだ。おれを捕まえたことがそんなに嬉しいのだろうか。

どちらにせよ、あのカルロスが属する組織の一員であることは間違いない。視線を左右に動かす。何かの倉庫のようだ。部屋の右隅にガスボンベのようなものが大量に立てかけてある。そしてその隣には黒い救命ジャケットのようなものが堆《うずたか》く積まれている。……いや違う。防弾ジャケットだ。さらにその横には、手榴弾《しゆりゆうだん》のようなもの。外装からすると、音響閃光弾かも知れない。十個ほどが整然と並んでいる。という事は、ボンベもただのボンベではあるまい。

視線を倉庫の反対側に移動させたとき、思わず視線が釘付けになった。二メートル弱ほどの長さの、ずんぐりとした黒い塊。いかにも重そうな基底部を、鋼の三脚《トライポッド》がしっかりと支えている。

武田はその重機を知っている。以前に出席した首都圏テロ対策会議で、参考資料として配られたファイルに載っていた。

ブローニングM2重機関銃。通称、キャリバー・50。

使用弾薬が12・7ミリ×99ミリ弾――つまりは12・7ミリという大口径弾を使用するので、そう呼ばれている。途方もない火力を持つ重機関銃だ。必死に記憶を蘇らせる。確か初速が九百メートル毎秒で、有効射程距離は優に二キロを超える。装弾数は各百発のベルト式で、発射速度が毎分五百発前後だった。本来の用途は、戦争時の対物目標用だ。対人ではない。火力が大き過ぎるからだ。建造物や敵側の陣地を破壊・粉砕したり、航空機や軍用ヘリを撃ち落とすことに使われる。もし人に当たった場合は、瞬く間にその四肢がバラバラに千切《ちぎ》れてしまう。肉斬り器《ミート・チョッパー》と呼ばれるゆえんだ。

事実、フォークランド紛争で、開戦当初は圧勝と思われていたイギリス軍が、装備で劣るアルゼンチン軍にあれだけ手こずったのも、地上のアルゼンチン軍がこのキャリバー・50を使ってイギリス空軍機をさかんに撃ち落としたためだ。

そのブローニングM2の脇には、弾薬が埋め込まれたベルトが幾重にも積み重なっている。通常装甲弾の他に、徹甲焼夷弾らしき弾薬のヘッドも鈍い輝きを放っている。

気分が悪くなる。そしてその意図をはっきりと悟る。

こいつら。日本の法律に則《のっと》ってカルロスを救け出す気など、さらさらない。

もしこんな重火器で攻撃されたら、そして先ほどのボンベが水素ボンベの類で、もし爆弾がセットされていたら……通常の建造物である警察署など、あっという間に破壊し尽くされてしまう。下手をすれば倒壊するほどの火力だ。建物内で対戦したところで、ほとんど抵抗にならないだろう。あとは無人の野を進むように、あのカルロスを楽々と救出できる。

「びっくり、か」巻き毛が楽しそうに言う。「武器はこれだけじゃ、なーい。ハンドガンもいっぱいある。おまえら、みんな死ぬ」

不意に腹が立つ。いったいこいつらはこんなことをしでかして、生きてこの日本を出られるとでも思っているのか。

「馬鹿な奴らだ」つい、吐き捨てるようにつぶやいた。「チンケな犯罪者一人を救い出すのに、全面戦争でも始めるつもりか」

ふたたび張り手が飛んできた。瞼の裏に火花が散る。そして脇腹に抉《えぐ》られたような痛みが走る。巻き毛が蹴り上げてきた。

「トント！　おまえ、分からないっ」巻き毛は両目を怒らせて喚く。「おまえ、知らない。カルロス大事。みんな大事。捨てない。それ、ボス思う。考えある。馬鹿じゃないっ」

拳が目の前に迫ってきていた。咄嗟に目をつぶる。眉間に衝撃が走る。武田はひっくり返った。背中に衝撃。思わず息が詰まる。ふたたび蹴りを見舞われた。

「おまえ、クズ。悪い刑事」背後から声が聞こえる。何度も背筋に激痛が走る。「死んだほうがいい。役に立たない」

役に立たない。世の中の役に立たないという意味か。悪い刑事。だから死ねというのか。衝撃の中で武田は思う。署員からは蛇蝎《だかつ》のように嫌われ、鬼畜であるコロンビア・マフィアからもこんなことを言われる。確かにおれはクズだ——。

「ぱとっ！」

喚き声が聞こえ、不意に攻撃が止んだ。

なんとか身を捩《ねじ》って振り返ると、巻き毛の大男の腕を、小男が必死に両手で押さえ込んでいた。二人は言い合いを始めた。武田のことはそっちのけで、お互いにスペイン語でまくし立てている。小男が両手を上下させつつ口を開けば、大男は地団太を踏むようにして拳を振り上げる。

人非人で、どんな残虐なことも平気でやってのけるコロンビア・マフィア——裏切り者が出れば、その一族郎党まで皆殺しにするという。だが、そのさかんに唾を飛ばし合う姿は、妙に間抜けで滑稽に映る。何故だろう。

先ほど巻き毛は喚いていた。カルロスもみんなも大事だと。捨てないとは、見捨てないということだろう。それがボスの考えだと興奮して力説していた。

そのボスが、深夜のファミレスで目撃されたあの日本人なのだろうか。日本人が、そういう考え方なのだろうか。

たぶんそうなのだろう。これだけの重火器を秘密裏に日本まで運び込む。その手間と危険を考えても、本気なのは充分に見てとれる……。

不意に、軋《きし》むような金属音がどこからか聞こえ始めた。

途端に二人は言い争いを止め、慌てて武田の前を離れた。小走りに併走するようにして壁の向こうに姿を消した。

金属音はまだつづいている。シャッター音だ。そして到着したのは、二人の今の慌てようからして組織のボスだ。

いよいよだ。

こんな状況ながらも、ふと苦い思いが心をよぎる。

正義の御旗を振りかざし、悪党を取り締まる公務員でありながら、おれには庇《かば》ってくれる上司など誰もいない。自分の立場のためには平気で部下を売るような奴ばかりだ。トカゲのしっぽ切り。日本警察の実態だ。その現状に、ずっと苛立っていた。不信感を抱きつづけていた。あまりの寄る辺《よべ》のなさに、この仕事を辞めようと思ったことも何度かある。

だからこそ武田は犯罪組織を追い詰めるとき、末端ではなくその中枢を追い詰めることに躍起になってきた。今の警察の現実を知りながらもどうすることもできない自分への、一種の代償行為だった。

あのカルロスはどんなに脅し上げ、半ば拷問のような扱いを受けても、一言も組織のことは口を割らなかった。そして巻き毛も「ボスは見捨てない」と息巻いていた。小男との言い合いが滑稽に見えたのもそうだ。こいつらは世間的に見ればけだもの同然の外道《げどう》集団で、裏切りと虐殺が横行する生き地獄で平然と息をしている人非人のくせして、どういうわけか自分たちのボスのことだけは頭っから疑っていない。

そこまで彼らを寄りかからせる男……いったいどんな奴なのか。

心のどこかで密かに知りたいと願っていた。だから、あれだけ意地になってカルロスを責め立てたのだと、今になって気づく。

どんな奴なのか——。

まるで昔の恋人に会うかのように心臓が早鐘を打つ。

壁の向こうから話し声が聞こえる。やがてその死角から、巻き毛と小男がふたたび姿を現した。そして三人目の、すらりとした影が姿を現す。

シングルのブラック・スーツに身を固めた三十代前半と思しき男。聞いていた通り、明らかに東洋人だ。間違いない。これがファミレスにいた男だ。

男は立ち止まり、こちらに視線を向けた。武田も相手を見つめる。細面の顔に、ほどよく締まった表情がある。いい立ち姿だ。予想外に若く、そして男ぶりもいい。

と、その男が右横を振り返った。

壁の端から足先が出てきた。黒いナイキのウォーキングシューズ。つづいて細身のジーンズの脛《すね》から太股にかけてが姿を現す。女だ。

次の瞬間、武田は思わず我が目を疑った。呆気に取られ、しばらく声も出なかった。

妙子だった。

浅黄色のキャミソールに上半身を包んでいる。こんなラフな姿ははじめて見る。妙子は武田にちらりと視線を送り、またすぐに外した。東洋人の傍らまで来て脚を止め、横に並んだ。今度は二人して、床に転がったままの武田を無言で見つめてくる。

ふと気づく。その二人の立ち位置。五センチほどしか離れていない。……男と女の距離。できてやがる。対して、かつて何度も抱いたその女の前で、無様に床に転がされたままの自分がいる。屈辱と不安が頭をもたげる。

「妙子、どういうつもりだ？」武田は唸《うな》るように言った。「なんで、おまえがここにいる」

妙子はまだ黙ったままこちらを見つめている。

この女は昔からそうだ。おれが何かを質問しても、まともにそれに答えたためしがない。肌を合わせても、この女が何を考えているのかはさっぱり分からなかった。不安がさらに広がっていく。徐々に焦りと怒りに変わっていく。

「こいつらにチクったのは、おまえなのか？」

代わりに表情の変化を見せたのは、隣の男だ。口元にほんの少し笑みを浮かべた。武田には分かる。軽い憐憫と、それ以上に軽蔑を示す微笑み。

「おまえ、ファミレスにいた男だろう」

「なんのことです？」

「元刑事のこの女をコマして、どうするつもりだ」そして周囲の重火器を見回した。「北署を襲うつもりか」

男はまた笑った。そして口を開いた。

「うちの部下が、世話になっていますよね。最上階のどの部屋に入れられているか、教えてもらえませんか」

「もし、断ったら？」

「どちらにしても同じです。やはり助け出すために北署を襲うまでです」男は答えた。

「ですが、居場所が分からなければ署内を探し回る時間が増える。その分、お互いの死人も増えます。だから、協力していただきたい」

「それでもおれが断ると言ったら？」

「死んでもらいます」あっさりと男は言った。「ついでにいうと、あなたの情婦も殺します。ひょっとしたら別れた家族にも死んでもらうかもしれません」

推測する。妙子からもこの方法で聞き出し、その上で手籠めにした。そしてこの山椒《さんしょう》魚《うお》のような女は、すんなりとこの男に馴染んだ。このおれのときとは違って……。

「で、その居場所を伝えたとして、おれはどうなる？」

「襲撃が完了するまではここにいてもらいます。その後はあなたの自由です。それは――」と、横の妙子を振り向いた。「この彼女の希望でもあります。最初は殺すつもりでしたがね」

なるほど。これでは襲撃情報を伝えることもできない。事件が起こっている間、おれは無断欠勤になる。やがて署の連中はおれを疑う。おれには戻るところがなくなる。戻ったところで不在の理由を聞き出され、おれは共犯者という立場に陥る。仮にそうならなくても、おれはやがて公安に捕まる。

どのみち最初から答えは出ていたのだ。

――おれはもう、警察にはいられない。

「ただ放り出すだけか」捨て鉢の強気。敢えて揶揄するように聞いた。「おれにはどこにも行く所がないんだぜ」

「お金で済む問題なら、差し上げますよ」

「いくらだ」

「いくらでも」微笑を浮かべたまま、男は答える。「五千万でも、一億でもけっこうですよ」

「それがおれの価値か。おれから聞き出す情報の価値か」

「なら、二億でも三億でもいいですよ」

思わず笑った。億単位の金を、まるで子どもに小遣いでも与えるかのように言い出すこの男。いったいなんなのだ。

「——おい。妙子」

そう、まだ黙り込んでいる女に問いかけた。

「おまえも、この男から金を貰うのか」

「貰わないわよ」ようやく妙子は口を開いた。「そんなもの、必要ないし」

「家族を殺すと脅されたんだろ」

「違う」

「監禁されているのか」

「見ての通りよ。されていないわ」

やっぱりこの女は分からない。

「……だったらどうして、こんな男にくっついて立っている?」

妙子はしばらく武田を見つめたあと、不意に横の男に向き直った。少し爪先立つように、男の背中に両手を回したかと思うと、相手の唇を吸い始めた。男はなすがままに任せている。

しばらく男の口を吸ったあと、妙子は武田のほうに向き直った。

「それが答えなのか」思わず武田は聞いた。「好き……なのか」

するとと彼女は笑った。その笑みが、妙に明るいものに武田には感じられた。

愚劣な質問だった。

好きとか嫌いではない。情欲とか愛着でもない。この女にとって、そういうことは意味をなさない。

何故もっと前に気づかなかったのだろう。この女を思い、恋しくなったこともある。いったい何を考えているのかと一人考えたこともある。自分のような男と付き合っていて、この女の将来はどうなるのだろうと心配したこともある。

が、とんだお笑い種だ。

この女はもともと誰のものでもない。誰かに寄りかかろうともしない。誰かを好きになったり嫌いになったりもしない。この女の意識は、もっと違うところに漂っている。同じこの現実を目にしていても、おれには永久に見えてこない世界——。

「条件がある」気が付けば口を開いていた。「それを呑めば、あのカルロスの居場所を教えてやる」

男は少し首をかしげた。

「どんな、条件でしょう？」

「手首を解《ほど》け。そして銃をくれ」おれの居場所。どこにもない。「そうすればあのカルロスの居場所を教えてやる」

途端にそれまで黙って事の成り行きを見ていた巻き毛が、早口のスペイン語で何かをまくしたてた。おそらくは止《よ》したほうがいい、ということを力説している。小男のほうも同調するようにさかんにうなずく。

だが、男は二人を片手で軽く制した。

「縄を解け。銃を渡してやれ」

なおも口を開きかけた巻き毛に、

「同じ事を二度言わせるな」

そう、ぴしりと釘を刺した。

しぶしぶ、という様子で巻き毛が動き出す。脇のダンボール箱から銃を取り出した。ベレッタのM93R。サブマシンガン機能も付いた自動拳銃だ。一挺《ちょう》目を右手に握り、二挺目を小男に手渡す。そして三挺目を左手に持つと、小男と共にこちらに歩いてきた。

小男が武田の後ろに回りこみ、手首の縛《いまし》めを解き始める。

「分かるか」巻き毛が武田の前にしゃがみ込み、口を開く。「おまえ、ボスを撃つ。おれたち、おまえを撃つ」

当然だろう。武田はうなずいた。後ろ手の縄が解けた。巻き毛がベレッタを渡してくる。

おれは、いったい何をやろうとしているのだろう――自分でも分からない。

セイフティーレバーを解除した。途端に両脇から乾いた音が響く。巻き毛と小男。二人は一足先にスライドを引き、初弾をチェンバー内に送り込んだ。武田もそれに倣う。軽い振動を手首に味わう。

「満足か」男が口を開いた。「カルロスの居場所を教えろ」

武田は拳銃を握ったまま、相手をしばらく眺めた。

こいつ……自分がいつ殺されるかも知れないこの状況を、充分に理解している。それでも両手をだらりと下ろしたまま、平然と部下の居所を聞いてくる。

トリガーに指をかけ、標的に向かってゆっくりとバレルを持ち上げた。途端、両こめかみに銃口の冷たい感触を感じた。おれが引くのが早いか。それとも、気配を察知した両脇の二人が引くのが早いか。

「カルロスは、最上階の一番奥にある独房の中だ」一発で充分だ。セレクター・レバーをセミオートに切り替え、相手に銃口を向けたまま武田は告げた。「フロア全体としてみると、北東の隅にある。その獄舎には東側に小さな明かり取りの窓が付いている」

男は満足そうにうなずいた。

「ありがとう」そう言って、白い歯を見せて笑った。「じゃあ、試してみればいい」

自分が殺されるかもしれないということへの恐れなど、微塵も感じさせない。何故だろう。心臓の鼓動がじりじりと上がってくる。

武田が引くのが早いか。両脇の二人が引くのが早いか。だが、どちらにしても自分は死ぬ。妙子を見た。だが妙子は武田のことなど見ていなかった。両手を腰の前で握り締め、自分の隣にいる男をじっと見つめている。心が疼《うず》いた。

男は依然、緊張の欠片もない様子で突っ立っている。こちらを見ている。

と、不意に目元をほころばせ、心持ち両腕を広げた。そして微かに顎をしゃくった。促している。武田の行動を。武田の決断を。

その瞬間、悟った。

この状況のあまりの滑稽さに笑い出しそうになる。

自分と同じだ。相手は死にたがっている。生きることにウンザリした男が二人。この先息をしていてもどうしようもないことを、お互いに悟っている。薄闇しか見えない未来。だからこいつはおれまで道連れにしようとしている。

思わずほくそ笑んだ。確かにおれはここで死ぬ。だが、おまえまで簡単に死なせてたまるものか。おれが先に死んでやる。おまえなんぞに簡単に安らぎなど与えはしない。せいぜいその日が訪れるまで、絶望の中でゆっくりと苦しめ。砂を噛むような虚しさを味わいながら、醜く老いさらばえて死んでゆけ。

気づいたときにはげらげらと笑い出していた。笑いながらセレクター・レバーをフルオートに切り替える。男に向けていた銃身を自らの口に突っ込む。両隣から喚き声が聞こえる。

あばよ。アミーゴ。

こいつはこの瞬間だけ、おれの友達だ。でも連れて行ってはやらない。おれはそこまでお人よしじゃない——。

直後、トリガーを引き絞った。

連続する銃声と同時に、永遠の闇が訪れた。

第三部　襲撃

1

新宿北署の東隣には、七階建ての商業ビルが建っている。

屋内のセキュリティはすべて警備会社と通信網で繋がっている。非常階段のドアも例外ではない。つまり、表扉が閉まって以降は、外部からは侵入できない。

リキからの指示を受けてこのビルの清掃会社を突き止めたのが、二日前のことだ。下落合の小汚い雑居ビルの一角にあった。フェルナンはそこから作業服のLを一式、失敬した。

そして作業服を身に着け、まだ外部に開放されている夕方——とはいえ清掃員は間違いなくすべて引き上げている午後六時——にこのビルに潜り込んだ。

ビル内に入った直後には、さすがに胸の鼓動が早まった。フェルナンは自分の見てくれを思う。清掃員の作業服を身につけた、見るからにラティーノの大男……それが右手にボストンバッグを、左手には小さな脚立を持っている。たしかに奇異だろう。だが、清掃会社に雇われたブラジルやペルーあたりからの出稼ぎ者がビル内の整備点検に来たのだと思われれば、そう不審な風体《ふうてい》でもない。もし見咎《みとが》められたら日本語がよく分からないふりをして切り抜ければいい。

くそ、と苛立つ。

おれはもう新宿北署に突っ込んで、万が一の場合には玉砕する覚悟までできていたのだ。組織のメンバーたちもすっかりその気でいた。そのための重火器も充分すぎるほどに揃えた。だが、あの晩――あの刑事が死んだ晩――リキはそれまでの計画に若干の変更を加えてきた。

あの刑事が突然げらげらと笑い出し、ベレッタを口に突っ込んで自殺したのにも仰天したが、直後にリキが計画を変更してしまったことにも心底驚いた。

挙句が、この体《てい》たらくだ。

おかげでおれは、こんな冴《さ》えない格好をして警察署の隣にあるビルに紛れ込まなくてはならない羽目になってしまった。

たかがパパリト一人を救出するだけで、なんでここまでまどろっこしい準備をしなくちゃならねえんだ。警察とのガチンコ勝負の全面戦争。大いに結構だ。少なくともおれは大歓迎だ。ぜんぜん問題ないじゃないか。

そう心の中で毒づきながら、エントランスホールを斜めに横切っていく。

ホールにいる人間には多少怪訝そうな顔をされはしたが、それでもわざわざ呼び止められることはなかった。肝心なのは堂々と歩くことだ。そのままエレベーターに乗り込み、六階のボタンを押した。昇降機の扉が閉まる。ふたたび一人の空間になる。緊張が緩む。腹立ちもやや収まる。

……ま、ボスが決めたことだ。仕方がないか。

カリで自分を助け出してくれたときもそうだ。こういう計画に関して、リキは絶対に失敗しない。入念に考えた上で、すべての不安要素を潰し、その上で実行する。だから必ず成功する。それによく考えてみれば、新しい計画のほうがおれたちも死ぬ確率がはるかに少ない。警察側から恨みを買う度合いも低くなる。何も悪いことはない。

やっぱりおれはアタマを預けっぱなしにして、ボスの言うことを忠実に履行していればいいんだ。リキのやる事に間違いはない。

二階、三階とエレベーターが進んでいく。

リキがアサガヤの倉庫に連れてきたあの女。初めて見る顔だった。日本人にしては珍しく、小股の切れ上がったいい女だと感じた。

あとで、あの自殺した刑事の元情婦で、同じ署の警察官でもあったという話を聞いた。さすがにフェルナンは愕然とした。

そんな女が、両手両足を縛られている元同僚であり情夫でもあった男を見ても平然としていたのだ。それればかりか相手の目の前でリキの唇を吸った。

かわいそうに。これでは自棄《やけ》になり、死にたくもなるだろう。

と同時に、やっぱりおれたちのボスは違う、と感じ入った。

どういう方法を使ったのかは分からないが、リキはいつの間にか、そんな危険この上ない女を自分の陣営に取り込み、元情夫の前でキスをさせるほど、すっかり骨抜きにしていたのだ。その鮮やかなやり口に感動すら覚えた。

たしかに同性のフェルナンの目から見ても、リキには独特の魅力がある。アタマもいい。見目もいい。金も腐るほど持っている。度胸もある。義理にも堅い。

だが、それだけではない。もっとそういうことを超越した、地の底から湧き出て来るような魔的な、それでいて静謐《せいひつ》な磁力のようなものがある。その暗さとクールさにフェルナンはぞっとし、同時に惹かれる――。

六階に着いた。

廊下に出て奥のほうに歩き始める。半ばまで進んできたところで、ようやく目当ての場所を見つけた。

フロア共用の男子トイレだ。扉を開ける。タイル張りの床を進み、大便用のブースに潜り込み、内側から鍵をかける。

そこではじめて人心地つく。耳を澄ます。トイレにはまだ誰も入ってきていない。

一気に行動を始めた。まず脚立を設置し、台座の上に上る。両手を伸ばして天井の点検孔の蓋を横にずらす。五十センチ四方ほどの穴が開く。持ってきたボストンバッグを穴の中に投げ込む。トイレブースの扉をふたたび開けたあと、点検孔の縁に両手をかけ、上半身を一気に引き上げる。焦ることはない。フェルナンは自分に言い聞かせる。この瞬間、誰かが入ってきても、点検孔でまさしく〝点検〟をしていると言えばいい——。誰も入ってこなかった。難なく天井裏に全身を引き上げた。天井裏の梁《はり》に注意深く足を乗せながら下を見下ろす。右ポケットからフックの付いた紐《ひも》を取り出す。下に見える脚立まで垂らしてゆき、フックを脚立上部に引っ掛けた。素早く手繰《たぐ》り上《あ》げてゆく。脚立が点検孔の穴まで来た。右手で掴み天井裏に引き入れた。と同時に点検孔の蓋を閉じた。周囲が一気に暗闇になる。その闇の中でフェルナンは一人、ほくそ笑んだ。

さすがはおれだ。ここまでは完璧《かんぺき》。自画自賛の満足感を味わう。

伊達《だて》にシカリオを何年もつづけてきたわけじゃない。標的を殺すために、そいつの自宅屋根裏に食うものも食わず、出すものも出さず、丸一日潜んでいたこともある。これくらい朝飯前だ。パパリトなんぞ目じゃない。おれだって相当なもんだ。

ささやかな満足感を噛みしめながら、左ポケットから小型の懐中電灯を取り出し、スイッチを入れる。か細い光が暗闇を照らし出していく。これからここで八時間ほど待機する。六階のオフィスの人間がすべて消え、夜間の警備員も滅多に巡回に来なくなる午前二時ごろから、ふたたび動き出す。だが、その前にとりあえず周囲の状況だけは把握しておかなければならない。懐中電灯を点《つ》けたまま、フェルナンはしばらく目が慣れるのを待った。

漆黒の闇が、ほんのりとした薄闇へと変わっていく。六階と七階の間に挟まれた天井裏の全体像が見えてきた。高さ七十センチほどの狭い空間が無数のコンクリートの梁に支えられ、四方八方に無限に広がっているかに見える。

これによく似た光景を見たことがある。

どこでだったかな……。

ようやく思い出す。小学校のとき、歴史の教科書で見た。ローマ帝国の地下貯水池。あの写真も、暗い水面と石造りの天井に挟まれた狭い空間に、無数の石柱が浮き上がって見えていた。

急に、悲しくなる。

ファベーラで育った子どもの例に洩れず、フェルナンも貧しい少年時代を送った。父親は早くに死んで、母親が洗濯女をして家計を支えていた。極貧もいいところだった。小学校に持っていく教科書も、いつも近所から貰ったお下がりばかりだ。

歴史の授業のときだった。教科書に載っていたローマ帝国の写真……先生の説明が違うと感じた。何故か水道橋の説明をしていた。だからフェルナンは手を上げ、ページの写真と違う、と言った。先生は怪訝そうな表情を浮かべた。クラスのみんなが寄ってきた。フェルナンの教科書を覗き込み、全員が笑った。新しい教科書の同じページには、ローマ帝国の土木事業を説明するために水道橋の写真が載っていた。フェルナンの古い教科書だけが、地下貯水池の写真だった。恥ずかしさにフェルナンは泣いた。

ママイ――。

懐かしく思い出す。家に帰ったあと、フェルナンは泣きながら母親《ママイ》に学校で起こったことを訴えた。ママイも一緒に泣いてくれた。ごめんね、ごめんね、と言いながらフェルナンを抱きかかえ、そのかさかさになった指先で彼の頬を何度もさすってくれた。

ママイはいつだっておれの味方だった。どんな悪さをしても、おれのことを庇ってくれた。そしていつも優しく抱いてくれた。

無償の愛。おれの人生で、たった一人の味方だ。

でも、三年前に死んでしまった。フェルナンの稼ぎもあり、ようやく楽な暮らしができるようになった直後だった。ママイが近所《ファベーラ》を歩いていたときに、盗電用のケーブルが電柱から外れ、落ちてきた。心臓麻痺《まひ》だった。

気がつけば薄闇の中で一人、泣き出しそうになっていた。

2

ようやく条件に合うものが手に入った。

ニーニョは目の前のトラックを見て満足げに微笑んだ。

昨日、冷凍食品会社の倉庫から盗み出してきた冷凍トラック。リキの計画変更からすぐに都内を駆け巡って、苦労して探し出してきた。食肉専用の重い荷を運ぶ十五トンの大型車両だ。後輪はその荷重《かじゅう》に耐えるため、前後二重に連なり、しかもそれぞれのタイヤがダブルに重なっている。前輪も同様にダブルだ。荷台の上に載っている保冷庫は、分厚い鉄板の二重構造になっている。夏でもその内部を完全に冷凍状態に置くための装備だが、それが今回の襲撃では有効に役立つ。

しかし、目当てだったのは、なにもこのタイヤ・ポジションや外板の二重構造だけではない。

この冷凍庫には後部に扉が付いているのと同様に、その左側面にも小さな観音開きの扉が付いている。路上停車などで積み荷を効率よく下ろすための構造だ。この扉の位置が、最も大事なポイントだった。

部下が、助手席側にもぐりこんでドアトリムに細工を施している。厚さ三ミリの鉄板をドアの内部に埋め込んでいっている。

「おい、急げよ」ニーニョは声をかける。「もう一度言っておくが、左側だけでいいんだぞ」

「分かってますよ」剝き出しになったドア内部にボルトを締めていきながら、部下が口を尖らせる。「日本は左側通行だからって言うんでしょう。何度も聞きましたよ」

「そうだ」

「でも、ガラス窓はどうします？」部下は頭を上げて首を捻った。「ここまでやっておいて、窓だけそのままですか」

少し考えたあと、ニーニョは口を開いた。

「防犯用の特殊フィルムを売っているって話を聞いたことがある」以前にフェルナンが言っていた。カー用品の大型専門店で売っているらしい。窓ガラスの内側から貼り込む柔軟性の高い防犯フィルムだ。カナヅチやバールで窓を叩いても、完全には割れ落ちない。警察側から飛んでくる弾はおそらく9ミリ弾。飛距離は約三十メートル。気休め程度にはなる。少なくとも肉に被弾したときの衝撃を弱くすることはできる。「念のためにそれを付けよう」

冷凍庫側面の扉が開いている。その内側のフロアで、ブローニングM2重機関銃を設置していたもう一人の部下が顔を上げる。あだ名は日曜《ドミンゴ》。今の仕事に就いている自分の罪深さを懺悔《ざんげ》するために、毎週日曜日には教会に行く。そしてその祈りをすませると、禊《みそぎ》が済んだ気分でふたたび悪行《あくぎょう》に手を染める。

「近所のスーパーオートバックス、まだ開いてますよね」ドミンゴは言いながらも、三脚《トライポッド》の基底部をフロアにボルトオンしていく。「これが終わったら、おれが買ってきますよ」

ニーニョはうなずいた。

「頼む」

ポケットの中で電子音が鳴った。ニーニョは素早く携帯を取り出し、耳に当てた。

「はい」

「おれだ」リキの声が響く。「そっちの進行具合はどんな感じだ」

「順調です。今、運転席側のドア内部に鉄板を入れ込んでいます。それと、ブローニングももうすぐ設置し終わります」

ふむ、とリキの満足そうな声音が聞こえる。「忘れずにタイヤの空気圧も規定値の二割増しぐらいにしておけ。被弾した場合、内側のタイヤまで貫通する可能性が低くなる」

「わかりました」それからふと気になり、ニーニョは聞いた。「そういえば、パト・フェルナンのほうはどうです？」

「さっき連絡が入った」多少笑いを含んだ声でリキは答えた。「無事に六階の天井裏に潜り込めたそうだ。今から八時間の我慢だ。午前二時ごろには、また動き始める」

ニーニョはつい笑い出しそうになるのを堪えた。

七年ほど前のことだ。ある悪徳代議士の自宅屋根裏に、パトが潜り込んだ。そして朝方、天井のパネルをそっとずらし、ベッドで熟睡している標的を撃ち殺した。

撃ち殺してすぐ、パトは代議士の自宅二階から転がり落ちてきた。待機していたニーニヨたちのクルマに乗り込むなり、早く出せ、と大声で喚いてきた。一刻も早く現場から逃げ出したいのは分かった。ニーニョはクルマを急がせた。

が、そのパトの急《せ》かす声は、代議士の自宅のある新市街《ウニ・セントロ》から旧市街《セントロ》に入ってもつづいた。早く、早く事務所に急いでくれっ。

ルームミラーを覗き込むと、パト・フェルナンが額に脂汗を滲ませながら、青い顔をして歯を食いしばっていた。

直後、車内になんともいえぬ強烈な臭気が立ち上った。みんなが鼻を摘み、騒ぎ始めた。

パトは丸一日屋根裏に潜んでいたので、ついに我慢できなくなったのだ。

それからしばらく、パトは仲間内から「脱糞野郎」と呼ばれた。

そこまで思い出し、やっぱり笑い出してしまった。

「今度は、我慢できるといいですね」

送話口の向こうで、リキも笑い声を立てた。

「ああ」

それで電話は切れた。

ニーニョは携帯をポケットに仕舞いながら、もう一度笑った。

リキは携帯をスーツの内ポケットにしまった。

それから最上階の廊下を進んでいき、部屋の前まで来てカードキーを差し込み、ドアノブを廻した。

あーいっ。

扉の内側からカーサの弾んだ声がさっそく聞こえる。いつものことだ。だが、リキはふとため息をつく。

3

ここ数日、カーサは何故か、妙に浮ついている。

武田が自殺した翌朝、カーサは戻ってきた。竹崎から聞いた。睡眠薬のせいもあり、横浜のケーキ屋を出た直後にはロードスターの助手席で眠りこけていたという。竹崎はそのまま自宅に連れ帰り、布団に寝かしつけた。

しかし朝起きてからが大変だった。いつものホテルの部屋ではなく、リキもいないことを知ったカーサは、風船が弾けたように泣き始めたのだという。竹崎は大いにうろたえ、さっそくこのホテルまでカーサを送り届けてきた。カーサはここに向かう途中のクルマの中でも、まだべそべそと泣いていたらしい。

それが嘘でない証拠に、ホテルに入ってきたカーサは思いっきり腫れぼったい目をしていた。リキパパっ、と大声で叫び、まるでコアラの子どものようにリキの胸に抱きついてきた。

それからこの五日間というもの、カーサは妙に浮ついている。リキの一挙手一投足にやや過剰に反応する。今の返事にしてもそうだ。不必要に返事の声が大きい。

ちょっとした不安を植えつけてしまったのだと感じる。

ドアを開けた。

「リキパパ、お帰りっ！」

カーサが腰に飛びついてくる。

「疲れた？　お仕事疲れた？」

数日前から気づいた。この子は最近スペイン語ばかりで喋っている。妙子と一緒にいるときは、これまではずっとカタコトの日本語を使っていた。

「そうだ。ちょっと疲れたかな」

リキは日本語で返した。だがカーサは、

「でもさ、今からはお部屋でゆっくりできるよ」

と、ふたたびスペイン語で返してくる。

曖昧《あいまい》にうなずき、腰にまとわりついたままのカーサを引き連れて部屋の奥へと入っていった。

そこに妙子がいた。いつものようにソファ・セットの前に立ってリキを出迎える。

「おかえりなさい」

「ただいま戻りました」

その顔つきが少し強張っている。軽く頭を下げてみせた姿勢も、ややぎこちない。あの翌日からずっとそうだ。

自殺した武田の死体は、ニーニョとパトが倉庫の奥の部屋へと引き摺っていった。後は見なくても分かった。奥の部屋には、業務用の大きなコーヒー粉砕機《ミル》がある。死体を裸に剝き、吸い込み口の上から押し込んでスイッチを入れれば、ものの数分で粉々に砕け、骨と臓物と肉がない交ぜになったミンチの塊に変わる。コロンビア・マフィアの死体処理の常套手段だ。ゴンサロもそうやって処理した。リキがわざわざ確認する必要もない。

だから妙子を促し、すぐに倉庫を後にした。中杉通りでタクシーを捕まえ、西新宿へと戻り始めた――。

「パパ、上着、上着」

依然はしゃいだ様子でカーサがリキの上着を手に取る。そのまま上着を引き摺るようにして、奥の寝室へと歩いていく。おそらくはクローゼットの中に自分一人で仕舞いこむつもりだ。

しかし、分からない……。

カーサはここ数日、妙にリキの世話を焼くようになっている。そして、以前にも増してやたらめったらリキの体に触りたがる。いったいどういう心境の変化か。単に不安なだけではないような気がする。

ふと気づくと、妙子が依然突っ立ったまま、じっとこちらを見ていた。

「何か？」

そう問いかけると、彼女はテーブルの上のバッグを開けた。きちんと折り畳まれたハンカチを取り出し、リキに差し出してくる。

「これ、ありがとうございました」

そう早口で、声をひそめるように言った。

リキは黙ったままうなずき、渡されたハンカチを手に取った。洗濯したての匂いがする……どうしてそうしたかは自分でも分からない。すぐにハンカチをズボンのポケットに滑り込ませた。

＊

＊

妙子は、最初から試すつもりだった。

男はこういうことについて驚くほど鈍感だ。でも、小林の手つきをみて分かった。彼も気づいている。なんとなく感じている。だから奥の部屋からカーサが戻ってこないうちに、素早くハンカチをポケットの中に仕舞った。

小林は妙子の顔をしばらく見つめていたが、やがて口を開いた。

「もう、大丈夫ですか」

「だいじょうぶです」

「それは良かった」小林は少し笑みを浮かべた。「では金曜日の晩も、よろしくお願いします」

三日後の晩、リキは不在になる。だから妙子は子守りをする。やはり、決行する気なのだとあらためて思う。

目の前に立っている小林。言葉も態度も相変わらず礼儀正しく、そして他人行儀だ。肌を合わせたことなど微塵も感じさせない。

……でも、あの晩は少し違った。

妙子はあの倉庫で、人が死ぬ瞬間を初めて目の当たりにした。

ゲラゲラと笑い出しながらトリガーを引いた武田。一瞬にして三回の銃声が折り重なった。後頭部が吹き飛び、脳味噌《のうみそ》が床の上に飛び散った。醜かった。でも、はかない美しさのようなものも感じた。それが、かつて何度も寝た男への最後の感想だった。

西新宿へ向かう帰りのタクシーの中、小林は黙りこくっていた。何を考えているのかは分からない。街灯の白々とした光が、その能面のような横顔を青白く照らし出していた。

タクシーが環七通りを南下している途中で、急に胃の中のものが逆流を始めた。我慢できそうになかった。

運転手さん、クルマを止めてください。

気が付けばそう告げていた。タクシーが路肩に停車するや否や、妙子は外に飛び出した。目の前にあった閉店したスーパーの裏手へと駆け込んでいった。暗がりの中、植え込みの柵がぼんやりと浮かび上がっていた。

その柵に右手をかけた瞬間、本当に耐えられなくなった。胃の中のものが食道までせり上がってきて、一気に吐いた。喉の奥が何度も嫌な音を立てた。吐瀉物《としゃぶつ》と胃液の甘酸っぱい匂いが鼻孔を刺激し、さらに戻した。気がつけばしゃがみ込み、両手を地面に付いたまま、野良犬のように這いつくばっていた。目の前にぼんやりと見える黄緑色の吐瀉物。これが今のわたしだ、と感じた。

ふと、背中にやんわりとした重みを感じた。次いで目の前にハンカチが差し出された。中腰に戻り、なんとか後ろを振り返る。小林だった。妙子の背中をさすっていた。恥ずかしさと情けなさに消え入りたかった。

「……すみません」

ハンカチを握り締めたまま前に向き直り、ようやくその言葉だけを返した。

「我慢せずに、ぜんぶ戻したほうがいい」薄闇の中に、小林の落ち着いた声が響いた。「どうせ胃の中が空になるまでは吐きつづける」

妙子は俯いたまま、思った。この男はこういう場面に、今までに何度も遭遇してきたのだ。

「そういうものですか」

「そういうものだ」背中の手のひらが、優しく円を描きつづけている。「初めて人が死ぬのを目の当たりにしたときや、人を殺したとき、よくこうなる。おれの兄もそうだった」

この男にも兄弟がいたのか、と感じた。新鮮な驚きだった。

それからほんの少しだけ、おかしみを感じた。私はてっきりこの男が、宇宙に浮遊する塵芥《じんかい》のようなものから生まれてきたのだと思っていた。だが、この男にもやはり親はいて、兄弟もいたのだ。

「そのお兄さんは、今どうされているのです?」

「死んだよ」背後からのんびりとした声が返ってきた。「ギャング団に家を襲われた。サブ・マシンガンで蜂の巣にされた」

途端、ふたたび妙子は吐き始めた。だが、もう胃の中のものはほとんど残っていなかった。醜い嗚咽《おえつ》の音だけが、周囲に響き渡った。

「ハンカチを使うんだ」今度はやや締まった口調だった。「まず口の周りを拭《ふ》き、それから口を開けて歯茎と歯を拭《ぬぐ》う。多少収まる」

西新宿のホテルに着くと、小林はフロントで隣の部屋を押さえた。小林たち親子と同じスイート・ルームだった。尻込みする妙子に、今晩はここでゆっくりと寝ていったほうがいい、と言った。

「……でも」

しかし小林は首を振った。

「こういうときはすぐに寝たほうがいい」

バッグの中の簡単な化粧道具が脳裏をよぎった。結局はうなずいた。

ベッドに入ったとき、がたがたと体が震え始めた。寒くもないのにどうしようもなく歯の根が合わない。震えが止まらない。

小林はそんな妙子をじっと見下ろしていたが、やがて洋服を脱ぎ始めた。素っ裸になり、妙子の横に滑り込んできた。妙子を引き寄せるようにして抱いてきた。

ああ。

思わず小さなため息をついた。人肌のぬくもり。ひどく安心を覚える。まるで自分が小さな子どもに戻ったような錯覚。相手の体にしがみついた。つい三時間ほど前、隣の部屋でそうしたように。

小林は妙子の目尻に指を伸ばし、軽く触れてきた。その指の腹が濡れていた。初めて自分が泣いていたことに気づいた。枕越しに小林が微笑んだ。

「昔、ある女がよく言っていた」そしてもう一度、ごく自然に妙子を引き寄せた。「誰かに抱かれて眠れば、悪い夢は見ない。そして朝日さえ昇れば、昨日は過去になる」

「……ある女？」

「ああ」小林は答えた。「子どもの頃は母親代わりだった女だ」

「………」

感じる。この男、昔はこうして抱かれていた。今は立場を入れ替え、カーサにも時おりこうしているのだろう。とく、とく、と鼓動を打つお互いの心臓。私はまだ生きている。この男も生きている。その定期的な振動。揺れ。安心する。まるでゆりかごだ。

……いつの間にか眠りに落ちていた。


「もう、すっかり暗くなりましたね」

その声にはっと現実に引き戻される。気が付くと目の前の小林が腕時計を覗き込んでいた。

「どうです。コーヒーでも飲んでから帰りますか？」

「いえ――」妙子は視線を逸らしながら答えた。「今日はもう帰ります」

小林はうなずいた。

「そうですか」

それ以上引きとめようとする気配もない。そっけないことこの上ない。言葉遣いもそうだ。翌日にはすっかりこの調子に戻っていた。まるで他人だ。

カーサが奥の部屋から戻ってきた。その小さな顔が妙子のほうを向く。お互いの視線が合う。直後、カーサは目を逸らした。妙子は小林を向いて、頭を下げた。

「じゃあ、私はこれで」

そう言ってバッグを手に取ると、戸口へと向かい始めた。扉を開け、もう一度後ろを振り返る。小林の前にカーサが立っている。その小さな肩に父親の両手が置かれている。

「また明日ね。カーサ」

「うん」

少女はそう言ってうなずいた。だが、先週までのように手を振ってはくれない。じゃあね、ティコ、とも言わない。

もう一度小林に頭を下げ、部屋を出た。廊下を進んでいき、エレベーターの前まで来た。

ほっとして思わずため息をつく。今日も、何とかやり過ごせた――。

エレベーターに乗り込んで一階まで降り、足早にホテルを後にする。北通りを新宿駅に向かって歩いていく。歩いていきながらも、ふたたびため息をつく。

あの朝……武田が死んだ翌日、目覚めてみると七時を過ぎていた。

隣に小林はいなかった。手のひらを伸ばし、シーツの上を触ってみた。冷たかった。ずいぶん前にいなくなっていた。ひょっとしたら夜明け前には部屋に戻っていたのかもしれなかった。

テーブルの上に書置きがあった。

「おはようございます。ルームサービスで朝食を摂り、いつものように九時前に部屋に来てください」

「………」

部屋で一人朝食を摂り、シャワーを浴びた。バスルームから出ると八時半だった。化粧を施して部屋を出た。

すでに小林はスーツに着替えていた。そしてカーサも帰ってきていた。竹崎が妙子を見て笑いかけてきた。

九時ちょうどになり、小林は竹崎と一緒に部屋を出て行った。あとにはいつものようにカーサと妙子だけが残った。竹崎からカーサが今朝起きてから散々泣いたという話は聞いていた。だからつい気安くカーサを呼んだ。

「カーサ、寂しかった?」そう言って少女を手招きした。「こっちにおいで」

「なっ」

果たしてカーサは奇妙な声を一言発すると、妙子の胸に一目散に飛び込んできた。かわいそうなこの子。小林がいなくなり、ようやく慣れてきたわたしも居なかった。きっと不安でたまらなかった。

そう思い、そっとブルネットの髪を撫でた。

カーサはしばらく妙子のみぞおちに額を付けたまま、その頭部をうりうりと動かしていた。が、急に顔を上げた。

「ティコ、なんで今日、同じ服？」

不意を突かれた。咄嗟に言葉が出てこなかった。そして自分の迂闊《うかつ》さを呪った。この子は子どもでも、やはり女なのだ。

カーサの瞳がまじまじと妙子を見上げている。耐えられず、つい目を逸らしてしまった。

途端にカーサは妙子の膝元を離れ、寝室に向かって駆け出し始めた。

匂いだ、と直後に思った。あの男の匂いが、微かに私の服に籠っていた。慌てて少女のあとを追った。

遅かった。寝室のベッドカバーはすでに半ば剝がされたあとだった。ベッドメイキング前のシーツには、昨夜の縒《よ》り目《め》が無数に残っていた。たぶん昨晩の行為の匂いも濃厚に残っている。

その脇にカーサが黙って突っ立っていた。

彼女は上目遣いに妙子を見つめたまま、ゆっくりと右手を上げた。指先に何か摘んでいる。

髪だ。少し長い黒髪――妙子のものだ。

「……ティコ、どうして？」

カーサは蚊の鳴くような声で口を開いた。

「ここ、ポルケェ髪《ポルケェ》ある。シーツ、匂い。ティコ何した？　ここ、わたしとパパの部屋。おかし。ティコ、何した？」

その声音が、不安と屈辱で震えている。具体的に何をやったのかは分かっていない。でも、何かが起こったことは感じている。

ムヘール。

あのドーナツ屋で、カーサは繰り返していた。

ムヘール。

おんな。結婚――お嫁さん。

そう言ったとき、カーサはテーブルの向こうで少し怯え、そして照れていた。血の繋がらない父親を、明らかに一人の男として見ていた。

（パパの、お嫁さんになりたい）

そしてわたしは、その事実を知っていながらあの男と寝てしまった。しかもその翌日、いくら武田が殺された翌日とはいえ、同じ服で平気な顔をしてやって来た……最低な女だ。

何も言えなかった。

カーサは泣かなかった。ただじっと妙子を見つめていた。

やがて、少女はゆっくりとうなだれた。小さな右手には、妙子の髪が力なくぶら下がった。

かつては浮浪児だったこの子。

住むところもなく、食べ物に飢え、寒さに震え、他人に怯えながら路上で寝ていた。最後にはたった一人の兄まで殺された。でも、そんな悲惨な境遇にも、ただじっと耐えていた。無力な彼女には耐えるしかなかった。

カーサ……名前の意味は家。暖かい家。なんという皮肉だろう。

カーサは今も下を向いたまま、じっと耐えている。本当に悲しいときの感情表現をそれしか知らない。心が壊れそうになるのを必死に我慢している。

不意にカーサの像が滲んだ。今までにさんざん辛《つら》い思いをしてきたこの子を、さらにこんなにも傷つけている。わたしはいったい何者なのだ。

気が付けば泣きながらカーサを抱きしめていた。

「ごめんね。カーサ」

つぶやきながらその小さな頭を何度も撫でた。

ごめんね。ごめんね。

心の中でその言葉を繰り返しながら、額に頰ずりし、背中を撫で、なおもきつく抱きしめた。


人々の靴音と笑い声が聞こえ始めた。いつの間にか新宿駅西口のロータリーまで来ていた。そのロータリーを迂回《うかい》するようにして延びる遊歩道《ペデストリアン》の階段を上っていく。

あの日以来、カーサはわたしに対してよそよそしくなった。

相変わらず素直だし、わたしのことを嫌っている様子もないが、二人で居るときは滅多に笑顔を見せることもなくなった。

しかし小林が居るときは別だった。彼の目の前では相変わらず陽気にふるまっていた。カーサがふさぎこんでいれば、必ず小林は心配する。あれこれと思いをめぐらし、やがて事実を知るだろう。でも父親には知られたくない。気づかれたくない自分の思い。だから無理をして明るくふるまっている。見ていて痛々しかった。

たぶんカーサはこのことに関して、わたしを恨みはしないにしろ、一生許さないだろう。年齢は関係ない。女とはそういうものだ。

でも、許してくれなくてもいい——。

小林はわたしに約束した。もし北署の人間を殺したり大きく傷つけたりしたら、必ずその償いをすると。その身を以《もっ》て償いをすると。あの男にも意味は分かっているはずだ。元刑事のわたしに対してそう約束したということは、警察に出頭するということだ。

あの男は悪党だ。武田が死ぬときも顔色一つ変えなかった。たぶんわたしやカーサの居ないところでは、平気で人を殺し、良心の呵責もなく麻薬を売り、邪魔者は徹底的に痛めつけているのだろう。だが、妙子には分かる。あの男は、一度約束したことは――たとえそれがどんな約束であれ――必ず守る人間だ。そういう生き方をしている男のはずだ。でなければ、たった一人の部下を救うために警察署を襲撃するなどという、とても正気の沙汰《さた》とは思えない行動は取らない。万が一のときは、必ず警察に出頭する。

そうなれば小林はこれまでの罪状も併せて、間違いなく死刑になる。カーサはふたたび孤児になる。

そうなったとき、わたしは小林との約束どおり、半生をかけてカーサの面倒を見よう。状況の許す限り、彼女に寄り添うようにして生きよう。そして彼女が大きくなって本当に好きな相手ができたとき、私は黙って側を離れていけばいい。

何もないわたしの人生。

だけど、せめて好きな相手を傷つけた償いはしたい。

4

ごく微かな電子音で目覚めた。

暗闇の中でフェルナンはむくりと身を起こし、青いダイオード光を発している手首のデジタル時計を見た。午前二時。電子音を止める。

それから手早く行動に移った。懐中電灯を点け、ポケットから方位磁石を取り出し、真西の方角を確認する。その真西に向かって、周囲の天井裏を照らし出す。コンクリート製の石柱の位置。その間を碁盤の目のように走っている太い梁。ボストンバッグを背中に背負い、梁の上を四つん這いになってじりじりと進み始めた。

十メートルほど進んだところで止まった。トイレの位置はこのビルのいちばん北。位置的には間違いなく北西に面しているオフィスの上にいる。

口に銜えていた懐中電灯で、前後左右を照らし出す。必ずあるはずだ。あった。オフィスフロアには必ず付いている空調設備。その空調のエア・ダクトをチェックするための点検孔。蓋を開け、そこに首を突っ込み、下の部屋を覗き込む。思わずにんまりとする。眼下いっぱいに細長いオフィスが広がっている。窓の外から滲んでくるネオン街の明かりが、整然と並んだ机の表面をほんのりと照らし出している。

ボストンバッグからロープを取り出した。梁に括《くく》り付け、下に垂らす。ロープに両手を絡ませ、ゆっくりオフィスへと降りていった。

足先が机に触れる寸前で、体を揺らして床に飛び降りた。難なく着地。時を移さず窓へと移動する。西側の窓全体に、新宿北署の壁面が見える。その壁面の一番北に、小さな小窓が見える。窓の外側に頑丈な鉄格子が埋め込まれている。パパリトが押し込まれている留置所の採光窓だ。

思わず笑う。

待ってろよ、パパリト。

この二ヶ月孤独を託《かこ》ってきたおまえに、もうすぐ最高の知らせを届けてやる。

まずはこのオフィス側のガラス窓を、サッシごと慎重に外さなくてはならない。本番の予行演習も兼ねている。

バッグから大きな吸盤を二個取り出し、窓ガラスの表面に吸い付ける。吸盤二個の取っ手のそれぞれに、ロープを通す。

次に工具箱を開け、その中からプラスとマイナスのドライバーを二本、それにピン・ドライバーを手に取る。

黒いアルミの窓枠《サッシ》に埋め込まれている四辺のモール。ピン・ドライバーを差し込んでコリコリと浮き上がらせ、テープを剝ぐようにして一気に取り除いていく。

プラス・ドライバーに持ち替え、モールの下から現れた窓枠のビスを手早く外していく。十分ほどでサッシ全体のビスを外し終える。ふたたびピン・ドライバーを手に取り、サッシの内側にある僅かな隙間に無理やり捻じ込む。そしてその柄を、渾身《こんしん》の力を込めて手前に引く。

ミシッ――。

サッシの軋む音が微かに響いた。もう一度力を込め、柄を手前に引き寄せる。ふたたび金属の擦れ合う音がして、サッシの下部が五ミリほどずれた。吸盤二つに括りつけたロープを左手に持ち、さらにドライバーを引いた。

ガタッ、という大きな音がして、あっけなく窓ガラスがサッシごと外れた。途端に屋外からのビル風が吹き込み、路上のクラクションと信号の電子音が聞こえてきた。落下しそうになった窓ガラスをロープでしっかりと引き付ける。引き付けたまま右手を添え、二つの吸盤を両手で握る。サッシを心持ち斜めに傾け、屋内へと慎重に取り込んだ。ゆっくりと後ずさりして、床の上にそっとサッシごと窓ガラスを降ろす。第一段階終了。

ふう。

思わず安堵《あんど》のため息をついた。時計を見る。二時二十分。ということは、起きてからここまでの所要時間は、二十分。まずまずだ。

さらにボストンバッグから、カーボンファイバー製の釣竿《つりざお》を取り出した。遠浅の海辺で使う遠投用の釣竿。カチャカチャと竿を引き出してゆく。引き出し終えると計四メートル四十センチの長さになる。だが、このビルから北署の壁面の間は縦列駐車にしたクルマ二台分――十メートル弱ある。

最後の一揃いの品。ボストンバッグの底から発泡スチロール製のプレート一枚と、直径《パイ》が四センチの強化アルミパイプを十六本取り出す。それぞれのアルミパイプの長さは六十センチ。円筒の片側に繋ぎ目が埋め込まれている。組み合わせていく。十メートル近くの細長いパイプが出来上がる。そのパイプの先端へ、釣竿の持ち手を嵌めこむ。これで十五メートルほどの棹《さお》が出来上がった。

釣竿の先端まで移動し、発泡スチロール製プレートの中央上部を、その先端から垂れている釣針に食い込ませた。プレートにはフェルナンの下手な字で、スペイン語が七行ほど書き付けられている。パパリトへの伝言。その内容をもう一度読み返し、ニヤリとする。

ふたたび時計を見る。二時三十分。

つまり本番でも、行動を開始してからここまでの段階で三十分は見なくてはならない。

両手で棹を持ち上げる。いくら軽量素材のカーボンファイバーとアルミの組み合わせとはいえ、けっこうな重さだった。ヨタヨタと窓際まで運んでいく。アルミパイプの持ち手を握り締め、慎重に窓の外へ送り出していく。

棹の先端にぶら下がったプレートが、ビル風を受けてくるくると回り始める。フェルナ

いる。

ふらふらと上下左右に動きつづける棹の先端。それに合わせてプレートも回りつづけている。

やがて、その先端が北署の壁面――パパリトの居る部屋の採光窓まで達した。窓際に立つフェルナンの背後には、アルミパイプがまだ六メートルほど残っている。釣竿よりアルミのほうが重いから、なんとか前後のバランスはとれている。プレートの文字があちら側を向くタイミングを計って、一気に棹を突き出す。

頑丈な鉄格子の間を抜け、先端が窓ガラスに当たる。プレートは鉄格子に阻まれ、ピタリとその上に貼りついた。よし。

僅かに持ち手を引く。もう一度繰り出す。また持ち手を引く。もう一度出す。その動作を何度か繰り返す。感触で分かる。棹の先端が窓ガラスを叩いている。

気づけよ、パパリト。

そう願いながら、さらに四、五回繰り返した。

最後に持ち手を繰り出したまま、三十秒ほど待った。

棹の先端を、ゆっくりと窓枠の横に移動させた。アルミパイプを尻の下に挟んで押さえつけ、右ポケットから懐中電灯を取り出す。先端のダイヤルを捻って、光の出る種類をスポットライト形式に合わせる。まず確認。スイッチを入れ、室内を照らし出す。丸い光の円が薄闇を切り裂く。

光を窓の外に向けた。北署の採光窓をくっきりと照らし出す。

直後、その暗い窓の中に動くものが見えた。

白い布のようなもの。何度も何度も右から現れては一瞬で左へと消える。

ライトを消した。棹を両手に持ち、もう一度その先端で窓ガラスを叩く。

トン、トトン。トン、トトン――。

これであいつにも分かったはずだ。

一気に棹を手繰り寄せ、室内に入れる。

それから手早く撤収にかかった。釣竿を収納し、アルミパイプをばらばらに分解していく。

ふとあることに思い至り、手が止まる。

あいつ。あの気障《きざ》な小鳥野郎。

――たぶん今頃は感動に咽《むせ》び泣《な》いている。その色男然としたニヒルな顔を、涙でぐちゃぐちゃに濡らしている。

待てよ。

ひょっとしたら、最初から泣きながら布を振り廻していたのかも知れない。

ふん。ばーか。

想像しただけでも愉快だった。カチャカチャと鉄パイプを仕舞いながら、微かに笑い声を上げた。

5

今週に入ってから、タケダはぷっつりと顔を見せなくなった。その影響なのか、マツバラも他の刑事たちも妙に落ち着きがない。

が、そのタケダの不在は、パパリトにしてみれば結果的にいいことだった。

それまでつづいていた連日四時間弱の睡眠。地獄だった。

身も心もボロボロになり、意識も時おり混濁していた。極度の疲労からノイローゼ寸前の状態にまで陥っていた。

が、今週に入り、タケダの姿を見なくなってからは、急に通常の八時間睡眠に戻された。

それと反比例するように、取調べ時間は短縮された。

体力も多少は回復し、少しずつ余裕が出てきはじめた心の中で、ひょっとして、とは思った。

あのタケダがもし何かの所用で署に出てこなくなったとしても、その不在の期間、自分をぎりぎりに締め上げる方針は、他の誰かに必ず引き継がせるはずだ。

しかし、現実はそうなっていない。

ということは――。

たぶんあの男は、誰にも連絡を取れない状況にある。だからこそ、マツバラたち他の刑事もどうしていいか分からず、妙に浮ついている。

ついに組織が動き出したのだろうか。リキたちがタケダを連れ去り、自分の居場所を聞き出しているのだろうか。あるいはもう聞き終わり、殺した後だろうか。

でも、そうではないのかも知れない。あの麻薬中毒の状態だ。秘密警察に捕まり、取調べを受けているのかも知れない。さすがのリキも、この国の警察には伝《つて》がない。どう手を打っていいか分からず、相変わらず手をこまねいたままの状態なのかも知れない。

ここ数日、そんな希望と失望が交錯する悶々《もんもん》とした日々を送っていた。

もう二ヶ月もここに勾留されている。なのに、あれほど信じきっていた組織からの救いの手は、未だ差し伸べられない。

もしリキたちが諦めたら……おれは、この先いったいどうなるのだろう。

やがて裁判を受け、日本人ばかりいる刑務所にぶち込まれ、臭い飯を食いながら永遠にそこに居るしかなくなるのだろうか。唯一の娯楽は、一日二時間のわけの分からぬ日本のテレビ番組だけになってしまうのだろうか。そのまま年老いて、二度と母国には戻れなくなってしまうのだろうか。このままリキたちから見放されてしまうのだろうか――。

想像しただけでぞっとした。

そんな恐怖を味わいながら、今日も硬いベッドに衰えきった体を横たえ、孤独な眠りに就いた。


ぼんやりと目が覚めたのは、僅かな物音に気づいたからだ。

コッ――。

コッ。

身を捩る。体がだるい。そのまま寝返りを打つ。気のせいだろう。今までに何度となく助け出される夢を見た。嬉し泣きに目覚めては激しく失望した。きっと、その切ない期待のせいだ。

コッ――。

………。

コッ。

直後にがばりと身を起こした。気のせいではない。間違いなくどこかから音が響いてきている。一気に眠気が吹っ飛んだ。はっきりと覚醒した。

慌ててベッドから飛び起き、薄闇の中で前後左右を確認する。

コッ――。

コッ。

天井の近くにある明かり取り。採光窓。今も外からの明かりがほんのりと洩れてきている。音はそこから聞こえてくる。

だが——、

くそっ、と心の中で舌打ちする。

どんなに爪先立ちになっても、その窓の全体が見通せない。気が急いてくる。焦りまくる。せかせかと、だがなるべく音を立てないようにしてベッドの上に乗る。ふたたび爪先立ちになる。

斜め真横から採光窓が見えた。外壁の厚みの向こうに、かろうじて鉄格子が見えている。その鉄柵に、何か白いものがぺたりと貼り付いている。

気が付いたときには窓に向かって跳躍していた。直後にはその窓枠に、両手の指先だけでぶら下がっていた。ともすれば重力にずり落ちていこうとする体を、指先に渾身の力を込めて必死に支えつづけた。

歯を食いしばる。ぎりぎりと奥歯が鳴る。二の腕と指先にさらに力を込める。首筋に鋭い痛みが走り、肩甲骨が盛大な悲鳴を上げる。それでも懸垂の要領でじりじりと体を引き上げていく。窓枠まで両目の高さを上げていく。亀のように必死に首を伸ばす。

見えた。

窓の外。鉄格子に絡みつくようにして貼り付いている白いプレート。

が、次の瞬間、パパリトは思わず心の中で毒づいた。

恐ろしく下手くそなスペイン語で、乱雑な言葉が書き連ねてある。しかも口語文。読みにくいことこの上ない。書き手の知能と品性のレベルがよく分かる。

それでもパパリトはプレートの文字を食い入るように読んでいった。外は風が吹いているのだろう。時おりプレートが揺れる。鉄格子の裏で見えなかった文字がずれ、明らかになる。

なんとかすべてを読み終わった直後、一気に指先の力を抜いた。体全体をバネにして、ふわりと床に飛び降りる。立ち上がりながら素早く上半身のシャツを脱ぐ。ふたたび爪先立ちになり、大きくそのシャツを振り回した。

直後だった。

シャツが窓枠の高さまで上がるたびに、白い点のような光が服地を貫いた。

パパリトはシャツを振り回しつづけた。

絶望と孤独に震えながら、待ちに待っていた。その果てに、やっとたどり着いた光だ。

希望の白《ブランカ》。鮮やかな光《ルース》——きらきらと輝き、視界の中で滲んだ。いつの間にか両頬を涙が伝っていた。嗚咽をこらえ、唇を噛み締めたまま、なおもシャツを振り回した。

プレートの文字。久しぶりに見たスペイン語。たった二ヶ月だというのに、懐かしさに胸が張り裂けそうだった。パパリトはその一言一句を頭に刻み付けていた。

どうだ、カリで捕まっていたおれの気持ちが分かったか。

三日後の午前二時ちょうど、窓枠周辺を爆破する。その前に二回、外で爆発音が響く。その十秒後に窓枠が爆発する。何かで体を守れ。コンクリートの破片がそこら中に飛び散るぞ。

分かったら、窓越しに何かを振れ。ライトでそれを確認する。愛と憎しみを込めて。

鈍牛野郎より——。

6

金曜日。決行の夜が来た。

その晩、リキは階下のレストランでカーサと妙子とともに遅い夕食を摂った。

午後九時になり、三人でレストランを出た。

「パパ、お仕事？　もう行っちゃうの？」

エントランスホールで別れるとき、カーサがいかにも心細そうな声を上げた。またスペイン語だ。

「なるべく早く帰ってくる?」

リキは軽くうなずき、カーサの頭を撫でた。

「ああ。でもカーサは寝ていたほうがいい」そしてその後ろに立っている妙子を見遣った。

「じゃあ、よろしくお願いします」

妙子もリキを見たまま、軽くうなずく。だが、無言だ。彼女は今夜、おれが何をするのかよく分かっている。

「カーサ、ティコの言うことをよく聞くんだぞ」

「……うん」

「約束できるか」

「できる」

リキはもう一度うなずいた。

「じゃあ、いいものをあげよう」

スーツのポケットに右手を突っ込み、四センチほどの小さな人形を取り出した。黄色い火星人のマスコット。頭に青い捻り鉢巻を巻いている。蛸《プルポ》の子どものようにも見える。それをカーサ《リーンド》の手のひらに載せてやる。

「かわいいっ」

カーサが一瞬、手のひらの中のものに夢中になる。両目を丸くしている。

その隙を逃さず、リキは胸の内ポケットから素早く封筒を抜いた。まだ下を向いている
カーサの頭越しに、妙子に差し出す。妙子はすぐに察した。手を伸ばし、封筒を受け取る
や否や後ろ手に隠した。

「パパ。これ、名前は？」

ようやくカーサが頭を上げる。

「名前はないんだ」リキは答える。「だからカーサが名前をつけてあげればいい」

カーサは大きくうなずいた。

「約束だぞ。今晩はティコの言うことをよく聞くんだ」

「分かった」

最近のカーサは、どういうわけか妙子に対してよそよそしい。だから一計を案じてこの
プレゼント作戦を考えた。ニーニョにおもちゃ屋に走ってもらい、もっとも愛嬌《あいきょう》のあり
そうなマスコットを買ってこさせた。

妙子が不意に口を開いた。

「お仕事、気をつけて頑張ってください」

リキはうなずいた。

二人と別れ、ホテルを出た。

クルマ廻しのロータリーを迂回し、夜の都庁通りへと出る。白々とした街灯の下、大通りは静まり返っている。その通りの傍らに竹崎がいた。煙草を吸っている。赤いクルマのフェンダーにもたれかかっている。リキのことを待っていたのだ。近づいていきながらリキは口を開いた。

「なんだ。そのオープンカー、まだ借りていたのか」

「ああ」携帯灰皿で煙草を揉み消しながら竹崎は言った。「意外と乗り心地がいいもんでね。今日のこともあるし、ついでに延長したわけだ」

リキもそのクルマのことは知っている。マツダのロードスター。世界中で最も売れたオープンカーだ。今も売れている。基本性能もいいらしい。

幌《ほろ》はすでに外してあった。露天の助手席に乗り込みながら、つい軽口が洩れた。

「やれやれ。爺のくせして、若作りなことだ」

「馬鹿を言え」エンジンをかけながら、竹崎は笑った。「オープンカーなんてものは、もともとリタイヤ組の乗り物だ。おれぐらいのジジイがのんびりと転がすのが、ちょうどいいんだ」

言いながらハンドルを切り、都庁通りを東に進み始めた。

「おい、おい。ホテルまでは逆方向だろ」

「職安通りでUターンはできん。だから甲州街道周り、明治通り経由で左、左へと曲がって、ホテルへと行く。都営駐車場もその通り側にある」

なるほど、と思う。今夜宿泊するビジネスホテルは竹崎が押さえた。むろん偽名だ。職安通りを挟んで新宿北署とは斜め向かいの位置にある。その東隣にあるオフィスビルの正面だ。今頃はそのビルの天井裏で、パトが息を潜めている。二度目の潜入。まず間違いは起こらないはずだ。

携帯が鳴った。胸ポケットから取り出し、通知番号を見る。耳に当てる。

「おれだ」

「ニーニョです」多少声が緊張している。無理もない。「今、すべて準備が整いました。午前一時になったらこちらを出ます」

「先発隊は？」

「零時ちょうどに出る予定です。二名ずつ、四台のクルマに分乗していきます。三号車だけが一名です。水素ボンベも二個ずつです」

「分かった」

携帯を切った。

クルマは都庁通りを過ぎ、ワシントン・ホテルの前から南通りへと入った。

少しずつネオン街が近づいてくる。

フロント・ウィンドウからわずかに吹き込んでくる初秋の風。暑くもなければ寒くもない。頬に心地好く感じる。相変わらずロードスターは滑るようにアスファルトの上を走っている。

「意外と、気持ちいいもんだな」

「だろう?」途端に竹崎は破顔した。「ま、こういう乗り物を楽しむ人生もある。おまえも少しは見習え」

甲州街道に合流。道の両側に商業ビルがびっしりと林立している。きらめくネオンの洪水が、フル・オープンの車内をくっきりと照らし出す。

確かにそうかもしれない。

何を思い煩うこともなく、こんなクルマで風を切って楽しむ人生――。

だが、それは人生に負わされたものがない人間たちの特権だ。負っている者は、たとえ同じことをしても同じようには楽しめない。

……心の風景。

それは、過去から自由になった人間のみが感じられる心象だろう。

7

大事をとって、午前一時前には阿佐谷の事務所を出た。

外は見えない。あるのは薄暗い室内灯に照らし出された鉄の壁だけだ。ニーニョは冷凍庫の中にいる。

ある程度覚悟はしていたものの、固い金属製のフロアは恐ろしく乗り心地が悪かった。走り出してからずっと揺れつづけている。目の前の「肉斬り器《ミート・チョッパー》」の銃身《マズル》も、鈍い光を放ちつづけながら揺れつづけている。マズルだけではない。三脚《トライポッド》の上の基底部も、チャンバーもフィードカバーも放熱板も、そして予備のマガジンも、すべてがトラックの振動に合わせてカタカタと音を出している。耳障りだ。神経がささくれ立つ。

「ったく」隣にいるドミンゴが軽い舌打ちをする。「この乗り心地、いったいなんなんです？」

ニーニョは黙ってうなずく。緊張しているのは自分だけではない。ドミンゴも、今からやろうとしていることに心が波立っている。だから余計に物音に苛立つ。

携帯が鳴る。

番号を見る。通話ボタンを押す。

「はい」

「ルナールです」相手の静かな声が聞こえる。「今、四台とも仮の配置についてみました。一号車が職安通り東。二号車が西。で、三号車の私が裏手東。四号車が裏手西。位置取りにはすべて問題ないです。今からいったん解散します」

四台のクルマ。すべてこの日のために盗んできた。もう一度、午前二時少し前に所定の位置に戻る。

「で、水素ボンベは？」

「二本ずつ、それぞれ建物の四方に設置済みです。一本は外塀の脇。もう一本は塀の内側、建物の壁際です」

水素ボンベ。確実に爆破させるのなら、タイマーつきのプラスチック爆弾を取り付けたほうがいいのではないかという案も出た。しかし、やめた。外塀の脇と建物に無造作に立てかけてあるボンベ。設置場所の周囲は暗いし、この時間帯は夜勤の署員たちも疲れ切っている。まず見咎められることはないが、仮に見咎められたとしても、ただのボンベならすぐに騒ぎ出すことはない。が、プラスチック爆弾が付いていれば話は別だ。たちまち署の全体が蜂の巣を突いたような騒ぎになり、救出が困難になる可能性がある。だから、爆弾を付けずに距離のあるところからボンベを撃ち抜くことにした。

「確認だ。それぞれの狙撃時間を復唱してくれ」

「一号車が二時ジャストと一分後」最初の爆破が攻撃の合図になる。「二号車が二時十秒後と一分三十秒後。私の三号車が二時二十秒後と二分後。四号車が二時三十秒後と二分三十秒後」

「分かった」ニーニョは言った。「じゃあ、みんなにもう一度時刻の念押しをしておいてくれ」

携帯を切った。

ポケットに仕舞いながら、ぼんやりと今の言葉を反芻する。

最初の爆破が二時ジャスト。同時にこのトラックからも攻撃を開始する。

勝負は三分で決まる、とリキは言っていた。他の警察署からの応援到着時間を考えると、それがぎりぎりのタイムリミットでもある、と。

その三分の間に、素早くパパリトを助け出す。フェルナンを含めた二人を警察署裏手の三号車が回収するまで、ニーニョたちは警察署の正面で粘りつづける。

ニーニョの目の前にある側面扉。その上に溶接してある鉄板。扉の全体を覆うようにして焼き付けてある鉄板だ。厚さは七ミリある。上下から見た扉の中央部だけは、鉄板が覆っていない。五十センチほどの隙間を横一線に残して開いている。その開いた部分に、扉を開け閉めするための引き錠を新たに設けた。引き錠を開ければ外部への銃眼になるというわけだ。車内の細工は他にもある。この冷凍庫と運転席の間の仕切りにもバーナーで大きな穴を開け、会話ができるようにしてある。

冷凍トラックはもう少しで山手通りへと出る。山手通りを少し南下したところに二十四時間営業のコンビニがある。パチンコ屋と隣り合っているコンビニで、店舗の裏手に大型車両も停めることが出来る駐車場がある。そこにトラックを停車し、内部に取り付けた鉄板類の最終チェックを行う。充分な強度をもって溶接したつもりだが、素人の溶接技術だ。トラックがガタゴトと移動していく間に、どんな拍子で溶接箇所に亀裂が入ったり、あるいは緩むとも限らない。ドアトリム内部の鉄板にしても同様だ。

リキが言う三分の間、このトラック一台で、警察署員全体からの攻撃はすべて引き受けることになる。たぶん反撃弾が雨あられのように降り注いでくる。衝撃も並大抵のものではないだろう。もし不具合のある状態で外部から無数の銃弾を浴びれば、鉄板が剝がれ落ちる可能性もある。そうなればニーニョたちは瞬く間に蜂の巣になる。

だから行程の半分ほどまで来たときに、きっちりと点検を行い、必要とあれば携帯用バーナーで補修を行っておくつもりだった。補修時間を含めて、三十分の駐車時間を設けていた。

＊　＊

目の前のソファにカーサが横たわっている。

十一時ごろまでは起きていたのだが、ついに睡魔に逆らえず眠りに落ちた。カーサの眠った姿を見たのは初めてだ。猫のように身を丸くして眠っている。小さく小さく手足を縮めている。

妙子は寝室からブランケットを持ってきて、その上にかけた。

もう一度対面のソファに腰を下ろし、軽くため息をつく。

時計を見る。午前一時十分。ぜんぜん眠くないし、妙に落ち着かない。襲撃開始時間は聞いていない。小林たちの攻撃はもう始まっているのかもしれない。でも、眠っているカーサの前でテレビをつけたりラジオを聞いたりするわけにもいかない。

やはり、少し苛々とする。煙草を吸いたいと思う。

小林から手渡された封筒を思い出す。先ほど開けてその中身を読んだ。

バッグの中から改めて封筒を取り出す。指先を差し込み、もう一度便箋に目を通し始めた。

若槻様

本日、あなたの自宅宛に宅配便を出してあります。五日後に届きます。

中身はキャッシュカードです。都市銀行が四枚と地方銀行が七枚。すべて架空口座で、暗証番号は５８１０です。併せて二億三千万ほど入っています。あなたに差し上げます。

これまでのバイト代と、今夜の事と次第によっては私に万が一のこともあるので、カーサの養育費も含んだ金額です。また、カーサ自身もこの日本での自分のカードを持っています。暗証番号とカード本体は、あの子自身が管理しています。こちらにも一億円ほど入っています。竹崎と相談して、あの子の将来のために役立ててください。

竹崎の電話番号は、以下の通りです。045‐876‐×××。

なお、私に万が一のことがあったとしても、このホテルでの私の身分は、ブラジルのコーヒー商、ジョアン・フランシスコ・松本です。入国時の身分もそうです。よほどのことがない限り、警察の捜査の手が伸びることはないと思います。

リキ・小林・ガルシア

読み終わり、顔を上げる。

今夜のことが片付き次第、小林はコロンビアに帰国すると言っていた。二日後の日曜。そのルートは分からない。事件の後だから出入管のチェックの厳しくなる成田経由ではないだろうが、すでに移動手段の予約も取ってあるという。そしてその日本を去った後に、妙子の元に宅配便が届く。妙子には断りようがない。

たぶん送ってくるカードは、この日本での活動資金だったものだ。生きてコロンビアに帰国できたとしても、当分の間、日本に来るつもりはないのだろう。

しかし、カーサにまで日本での口座を開いているとは知らなかった。そして今ソファで寝ているこの子も、当然そのことは知っている。カードをどこかに持っている。

……小林からカードを渡されたとき、いったいこの子は、どういう気持ちでそのカードを受け取ったのだろう。

ふと思い出す。

そういえば、この子と出会った最初の日、国籍を聞いても不得要領な答えしか返ってこなかった。部屋で父親の名前を聞いたときも、微妙にその質問をはぐらかした。

知っていたのだ。

この子は、自分の父親がどういう仕事をしているのか薄々感づいている。そして偽名でこの日本に入国し、ホテルに滞在していることも分かっている。だから、とぼけた。

目の前で、微かな寝息を立てているカーサ……。

いつも小林の帰宅をじっと耳を澄ませて待っていた。父親が仕事に出て行くときは、決まってひどく悲しんだ。小林の姿が見えなくなると、すぐに泣きじゃくった。

今、ようやく分かった。

寂しいからではない。構われたいからでもない。不安だからだ。危険な仕事をしている彼のことが心配でたまらないから、いなくなるとすぐに泣いた。夕方に無事で帰ってくると、とてもはしゃいだ。

この子は今まで、小林の身をずっと案じていたのだ――。

＊　＊

午前一時三十分。

フェルナンはすでに六階のオフィスに居た。

先日のようにトイレの上から天井の梁を伝って、午前一時には新宿北署を一望出来るこのオフィスに忍び込んでいた。

忍び込んでから三十分で、ほぼ準備を整えた。今回は釣竿は使わない。三日前に持ち込んでいた十六本と、今日新たに持ち込んだ十本の強化アルミパイプを組み合わせて、長さ十六メートルのアルミ棹を作った。相当な重さだろうが、自分を支点とした時の取り廻しを考えると、どうしてもこれ位の長さは必要だった。窓はこの前と同様に、すでにサッシごと外してある。

そして今、フェルナンはアルミ棹の先端のフックに、セロファン紙に包んだタイマー付きのプラスチック爆弾を括りつけている。

プラスチック爆弾。正式名称はコンポジションC‐4。

第二次世界大戦中に米軍が開発した化学爆弾だ。ニトロトルエン、トリニトロトルエンなどの柔軟性ニトロ化合物に、ワックスなどを混合した油状物質の可塑剤を練り込む。さらにトリメチレントリニトロアミンという爆薬剤を注入する。かなり容易にその形状を変化させることが出来る。また、その表面粘度も結合剤と可塑剤の配合比率を変えることにより、自由に調整することが可能だ。

爆弾の形状は三十センチほどの細長い棒状に加工し、その表面全体にギザギザのくぼみを入れた。棹の先を使って採光窓の鉄格子と壁の間に落としこみ、その鉄格子の基底部に横にして寝かせるためだ。表面粘土を可能な限り柔らかくべたつきやすい性質にしたのは、その鉄格子と壁の間で横になったC‐4を、棹の先で少しずつ突いてゆき、鳥黐《とりもち》のようにべったりと壁に貼り付かせるためだ。密着度が強いほど、その接合部に及ぼす破壊力は甚大なものになる。

フックの先に取り付けているC‐4の重さは三キロある。

ちなみに爆発速度は秒速八〇九二メートル。マッチ箱ほどの大きさの爆弾でも、クルマ一台を簡単に吹き飛ばすことが出来る。三キロもあれば、いくらコンクリート製の壁が分厚かろうと一発で大きな穴を開けることが可能だ。

この火薬量を提案したとき、ニーニョやドミンゴをはじめとした仲間たちは一様に反対した。

そんなに使うと、パパリト自体がやばいぞ。

リキも同意見だった。

だが、フェルナンは断固として押し切った。下見したときに思った。警察署の壁。かなりの厚さがあるようだった。

これくらいは要る、と突っぱねた。万が一、火力が足りなくて穴が開かなかったらどうするつもりだ、と。

そして最後に、こう切って捨てた。

あいつが、それくらいの爆風で死ぬようなタマかよ。

爆弾を括りつけ終わった。笑みが洩れる。

そう。パパリトは死にはしない。死にはしないが、たぶんあの野郎は死ぬほどたまげる——。

＊　＊

そろそろだ、と思う。

パパリトは今、ベッドの下で毛布に包まったまま身を丸くしている。この部屋に時計はない。それでもこの三日間で、おおよその時刻を知る術《すべ》をパパリトは会得していた。

零時を過ぎた時点で、廊下と獄舎の照明がほの暗くなる。だから、それからの時間の経過をどういうふうにして知ればいいのかということに知恵を絞った。照明が暗くなった直後に、コンクリート製の床に小便をほんの少しだけ垂らしてみる、という方法を思いついた。

ペニスを取り出し、たら、たらたら、とほんの少しだけ床の隅に小水の水溜まりを作る。あとは薄明かりの中で、その乾き具合を観察しつづけた。やがてその水溜まりがコンクリートの表面に少しずつ吸い込まれてゆき、かつ、外気により自然乾燥し、床の表面に沈着する黒い染みのようなものに変わった時点で、大声を上げた。他の独房からの舌打ち、罵《のの》り声。それでも構わず大声を上げつづけた。やがてフロアに明かりが灯《とも》り、当直の看守役がやって来た。

腹が痛い、と、パパリトは訴えた。痛くて痛くて死にそうだ。鎮痛剤をくれ、と。しぶる看守役との押し問答の間中も、大声を上げつづけた。他の房への手前もあったのだろう、ついに看守は折れた。

再びやって来た看守がクスリを手渡してくるとき、その手首を素早く盗み見た。午前一時二十五分だった。まだ早い。

昨日の晩も同じ事をした。今度は小水の黒い染みがより完全に乾ききり、ほとんどその跡が分からなくなるまで待ちつづけた。パパリトは再び騒ぎ出し、看守を呼んだ。昨日とは違う当直の看守役がきた。結局はその男もクスリを持ってきてくれた。

手首を盗み見て時間を確認した。午前一時五十分だった。だいたいの感覚が分かった。

今晩も、床の上に小便を垂らした。充分に乾き切るのを待って、毛布に包まり、ベッドの下にもぐり込んだ。たぶんもう、確実に一時五十分は廻っているはず——。

パトは伝えてきた。

その前に二度、爆発音が鳴る、と。

つまりは、三度目の爆発でここの壁が破壊される。

毛布で顔まですっぽり覆ったまま、つい笑みがこぼれた。

そしたらおれは、ついに自由の身だ。

＊　　＊

安普請《やすぶしん》のビジネスホテルだが、やはり地上十階からの見晴らしはいい。

眼下には職安通りを挟み、六階建ての新宿北署をまるごと望むことが出来る。

金曜日の深夜。各フロアの窓には、明かりの数はまばらだ。内部には夜勤の署員が残っているだけだ。刑事課や組対課、生活安全課の連中も必要のあるものは週末の盛り場に出払っている。交通課のある一階フロアの明かりは、特に少なかった。

零時を過ぎた時点で、正面玄関の守衛も居なくなった。週末はいつもそうなる。ただでさえ風俗店の多いこのエリアだ。盛り場でのトラブルが最も多くなる午前零時から午前三時まで、繁華街のパトロールに駆り出されるのだ。

リキは北署を眺めたまま笑う。

彼らは守衛であって守衛ではない。警察署は、元来が外部から襲われることを想定した構造や人員配置にはなっていない。

リキと竹崎はホテルの部屋の窓際に椅子を寄せて座っている。同じく窓際に寄せたテーブルの上には、開いた缶ビールが二本、転がっている。そして袋の口の開いたサキイカもある。竹崎が飲み食いしたものだ。

竹崎はホテルに入った直後から仮眠を取り、先ほどむくりと起きた。それからまた冷蔵庫のビールを飲んだ。

「いよいよ騒動の始まりだ」口元に泡をつけたまま笑った。「しかし、高みの見物ってのはいいもんだな」

リキはつい苦笑した。下手をすれば命を落とす場合もあるというのに、不謹慎この上ない。だが、文句を言う筋合いでもない。竹崎はこの件に関してはまったくの部外者だし、リキの部下に知り合いがいるわけでもない。

次いで腕時計を覗き込んだ。午前一時五十三分。この襲撃のために全員に同じ型の電波時計を買い与えた。電池が切れない限りは一秒の狂いもない。

窓からもう一度職安通りを見降ろす。

新宿北署の正面の路上に停車車両はない。当然だ。すぐにキップを切られる可能性がある警察署の正面入り口に、誰も好きこのんで路上駐車などしない。だが、そこがリキたちの狙い目だった。

リキはホテルに入ってからのこの四時間というもの、ほとんどの時間をこの北署を眺めて過ごした。五月雨《さみだれ》式にニーニョやフェルナンから入ってくる進捗状況の報告を受け、追加の指示を飛ばしていた。

職安通りのこちら側の路肩を確認する。窓の真下、ちょうどこのホテルの前に一号車が停まっている。ハザードランプを点滅させている。そこから五十メートルほど先の郵便局の前には二号車。これもハザードを点滅させて停車中だ。三号車と四号車からも、さきほど所定の位置に着いたと連絡が来た。

リキはもう一度時計を覗き込んだ。一時五十七分ジャスト。

あと三分もすれば、いよいよ幕が上がる。

＊　＊

「ニーニョ、今ヤマノテ・ラインのガード下を通過した」

運転席から声が聞こえ、つい時計を見た。一時五十八分四十秒。

このまま職安通りをあと二百メートルも進めば、新宿北署の正面玄関に到着する。道は空いているだろうから時間にしてあと四十秒後というところだろう。冷凍庫内に溶接した鉄板に不具合はどこも見つからなかった。ニーニョもドミンゴも、すでに防弾チョッキを身につけている。二人だけではない。冷凍庫の内部にいるあと二人の部下も、すでに防護服を身につけ終わっている。一人は音響閃光弾担当で、ハンドガンを手に持っているもう一人は、その閃光弾を投げる男を援護する役目だ。

ブローニングM2重機関銃の掃射役はニーニョだ。すでに重機関銃の前に腰を下ろし、その取っ手を両手で握り締めている。ドミンゴがすぐ脇にいる。弾薬ベルトの給弾役だ。緊張に、手のひらが汗ばんでいるのが分かる。

この掃射役だけは、リキが指名してきた。この手の暴力沙汰には日頃からか、ら、き、し、で尻込みするニーニョに、おまえがやれ、と厳命してきた。

その意味は、ニーニョにも分かった。

今回の訪日で、リキは最初に会った日に穏やかに諭してきた。

(ア、ロ、ン、ソ、、どうしようもなかったことは分かっている)

(だが、今回のパパリトの件、やはりおまえの不始末だ)

(言っている意味は、分かるな)

充分に分かっている。

ゴンサロの組織にパパリトを売られたという事実。それは、リキの組織がこの日本で軽んじられたということを意味している。他の日本支部の連中から舐められていた自分。だからこんなことをされてしまった。

どうあってもその借りは返さなくてはならない。それも、舐められた本人が百倍返しの報復をやり遂げ、二度と舐められないようにしなくてはならない。噂は広まる。誰が警察署を前に重機関銃をぶっ放していたのか、やがて他の組織の人間は知る。今後、彼らのすべてが、ニーニョに対する見方を一変させる。

そうは思いつつも、やっぱりニーニョは怖い。

くだらない、と恐怖につい叫びだしそうになる。今もそうだ。重機関銃の台座にかかっている両足。誰も気づいてはいないが、その足首が小刻みに震えつづけている。このトラックから転がり出して、どこか遠くに逃げていってしまいたい。もしそうできたらどんなにか楽だろう。

ふたたびため息をつく。

だが、そんなことは無理だ。出来ない。おれはアンティオキア州に生まれ落ちた。どんなに臆病でも、どんな暴力沙汰が嫌いでも、あの土地に生まれ落ちてしまったからには、どうしようもない。土地に根ざした約束事からは自由になることが出来ない。自分の生い立ちを裏切ることに等しい。

昔、リキは言った。

ヒトの運命の半分は、その属性によって決まる、と……。

どんな土地で生まれたのか。どんな種類の人間の中で育ったのか。その生活の中で、どういう世界の見方を覚えてきたのか。それで生き方の半分は決まる、と。

トラックがゆっくりとスロウダウンしていくのが分かる。目的地はすぐそこだ。

「あと五十メートルです」

運転手の声が響く。

ドミンゴが傍らから立ち上がり、揺れる車内をよろよろとニーニョの前に進んでいく。

腕時計を見る。

一時五十九分二十秒。

直後、エア・ブレーキの音が車内に響き、トラックが止まった。

扉の前に進んでいたドミンゴが、鉄板の間から覗いているドアの引き錠に指先をかける。こちらを見てうなずいてくる。

重機関銃の前に座り込んだまま、ニーニョもうなずき返した。サイドのセイフティレバーを解除する。次いでスライドレバーに重い手ごたえを感じつつも手前に引く。鈍い金属音が響き、初弾がチャンバー内に送り込まれる。

他の二人の部下は、すでに後部の扉を開け始めている。

もう一度時計を見る。

一時五十九分三十五秒。もう、絶対に後戻りは出来ない。

リキの言う通りだと思う。

おれたちは、生まれ落ちてくる場所を選ぶことは出来ない——だったらその土地の掟《おきて》に従って生きるしかない。チャンバーの脇からだらりとぶら下がっている弾薬ベルト。最初は通常装甲弾が装塡されている。

「二十秒前」

ドミンゴが側面の引き錠に手をかけたまま、腕時計を睨《にら》んでいる。

「五秒前で全開だ」

緊張に耐え切れず、ついニーニョは言わずもがなのことを口走る。ドミンゴはうなずき、さらに口を開く。

「十五秒前。十三。十二——」

その指先が、扉の閂《かんぬき》を横にずらしてゆく。

「九。八——」

閂のレバーを引ききった。両手のひらを観音開きの扉にかける。

「六。五っ！」

直後、ニーニョの目の前で扉は全開になった。勝負はこれからの三分間のみ。鉄板と鉄板の間の五十センチほどの銃眼を通して、警察署の正面玄関が丸見えになった。

＊　＊

リキからは、その必要もないのに屋外に顔を出すようなことはしないよう、言われていた。

が、準備は二十分ほど前にすべて終わり、フェルナンはあまりにも退屈だった。自分以外の作戦が、予定通り動いているのかひどく気にもなっていた。だから取り外した窓からさかんに身を乗り出し、きょろきょろと外の様子を窺っていた。

ビルの谷間の南側、職安通りが縦に細長く切り取られて見える。その職安通りの向こうに、グレーのブルーバードがひっそりと停まっている。一号車。今度は北側を見る。同じくビルとビルの間の路地に、赤のヴィッツが見え隠れしている。これが三号車。フェルナンたちの回収係だ。

満足を覚える。この場所からは見えないが、二号車、四号車にしても同様だろう。四台の陽動補助部隊はすでに配置についているようだ。

十メートルほど先の警察署の採光窓には、すでにコンポジションC‐4を設置済みだ。

セロファン紙を剝がしてあらためて棹を持ち直し、慎重に窓の鉄格子内部に滑り込ませた。実を言えば、これがもっとも厄介な作業だった。いくら軽量アルミとはいえ、十六メートルものアルミ棹は途方もなく重く、おまけにその棹先は三キロの爆弾の重みでしないしないになった。ビル風も絶えず吹き付けており、その先端の動きが定まらないこと極まりなかった。

が、どうにか無事に設置し終えた。二本の脱出用ロープもすでに準備済みだ。一本がパリト、もう一本がフェルナン用だ。カーペット床下のタイルを一部引き剝がし、更にその下にある通信機器ケーブル用の梁に、それぞれのロープの端を結わえつけてある。

腕時計を見る。

一時五十九分十秒——。

フェルナンは窓から身を乗り出したまま、先ほどから耳をすませている。そろそろだ。果たして、遠くからディーゼル音が響いてきた。重量級のトラックに特有の、鉛を転がすような重苦しい排気音だ。エンジン音は次第に近くなり、やがて軋むようなブレーキ音とともにすぐ近くに停まった。

もう一度時計を見る。五十九分三十秒。

警察署正面口は死角になっているので見えない。が、見えなくても分かる。警察署の正面にトラックは停車している。フェルナンはさらに窓枠から身を乗り出し、ビルの隙間から垣間見えるブルーバードを窺った。後部座席の窓ガラス。ゆっくりと下がっていく。北側のヴィッツを振り返る。これも運転席側の窓ガラスが下がり始めている。これから十秒間隔で行われる陽動作戦。その三度目の爆発にあわせ、目の前の窓は爆破される。

五十九分五十三秒。四、五……。

五十八。五十九――。

二時ジャスト。

ブルーバードの後部窓から火花が覗いた。

直後、網膜が焼け付くほどの閃光が辺りを覆い、フェルナンは思わず目を細めた。銃弾が塀際のガスボンベを撃ち抜いたのだ。水素ガスが一瞬燃え広がった真っ白い光。ビルの谷間にある警察署の塀が大音響とともに一気に吹き飛ぶ。細めた目の隅で捉えた。北署とこの商業ビルの一階と二階の窓ガラスが粉々に吹き飛び、盛大な音を立てる。さらにその破裂音の向こう、ビルの死角から、重い速射音が響き始める。地鳴りのように深夜の大気を揺らしていく。ニーニョが正面玄関を攻撃し始めた。まるで爆撃音だ。窓際から離れながらふたたび腕時計を見る。

二時と、八秒――。

ふたたび表通りを見遣った直後、ビルの谷間に白い閃光がスパークした。撃ち抜かれた二号車担当の水素ボンベ。西側の塀が吹っ飛んでいる様子が目に浮かぶ。窓ガラスの破裂音がそれにつづく。依然、ブローニングM2が重低音を奏でつづけている。

時計を見る。二時と十四秒経過。三度目の爆発までもう少しだ。二時二十秒ジャストに、三号車が警察署の裏手の東角を爆破する。同時に採光窓のC‐4も火を噴く。フェルナンは窓際すぐ下の壁に腹ばいになった。五、四、三……二――。

真っ白な光の広がりが、六階のフロア全体を一瞬にして照らし出した。感じる。空気の急激な膨張と、それに伴う波動圧。鼓膜に一瞬鋭い痛みが走る。

直後にすさまじい爆風が室内を襲った。フェルナンは見た。ガラス窓が粉々に砕け、その無数の破片が部屋の内側へと向かって真横にすっ飛んでいく。デスク上のパソコンやスタンドライトも枯れ草のように吹き飛ばされ、椅子も横倒しになり、天井の蛍光灯も粉々に砕けてパネルごと引き剝がされる。書類や筆記用具、電話などの備品も、根こそぎ奥の壁に向かって叩きつけられていった。室内は一瞬にして戦場のような惨状に成り果てた。

やばかったかな――。

背中に雨霰《あめあられ》と降り注いでくるガラスの破片や天井のパネルを感じながらも、フェルナンは少し後悔した。

まさか、これほどの火力とは思わなかった……。

＊　＊

三度目の爆発が裏手から起こった。

少なくともトラックの内部にいた限りでは、それが二つの爆発音の重なった音には思えなかった。いい感じだ。

ニーニョは三秒に一度ほどのインターバルを置きながら、依然ブローニングのトリガーを引きつづけている。五十口径弾の威力は予想以上にすさまじい。銃眼から覗く北署正面の壁面は、今やほとんどのタイルが剝がれ落ち、その下から剝き出しになったコンクリート製の梁にまで次々と装甲弾が吸い込まれていく。

リキから厳命されていた。署員には絶対に致命傷を負わせるな、と。だからニーニョは窓を撃つときも、その上部だけを狙い掃射した。装甲弾が内部の天井に当たり、埋め込まれているパネルが次々と落下していた。仮にその下に人がいたとしても、パネルに当たったぐらいでは死にはしない。

攻撃開始からこれまでの二十秒間、特に警察側からの反撃はないようだ。あったのかもしれないが、車内に籠る速射音に紛れて冷凍庫に被弾する音が聞こえない。流れ弾が銃眼からも紛れ込んできているのかもしれない。だが、車内の誰一人としてまだ悲鳴を上げていない。つまり、誰も肉体には被弾していない。

トリガーからの反動が不意に軽くなる。マガジンの弾が切れたのだと直後に悟る。掃射音が冷凍庫内に反響し、耳がすっかり馬鹿になっていた。

「ドミンゴ、次のベルト」

「はい」

ドミンゴが素早く二個目の弾薬ベルトをセットし始める。

四回目の爆発音。攻撃開始から三十秒経過。警察署の裏手から響いてくる。

ニーニョは銃眼から警察署の様子を油断なく観察している。こちらからの攻撃が止まっている、最も危ない時間帯。ベルトを取り替えるたびごとに訪れる。聞こえ始めた。冷凍庫の側面の壁が被弾している音。銃眼から見える。一階の窓際から僅かに身を乗り出し、拳銃を構えている人影。天井からはさらに数多くの被弾音が聞こえてきている。おそらくは二階以上の窓からも攻撃されている。

「グレネード、二回目！」

扉の脇にいた部下が大声を上げる。音響閃光弾のピンを抜き、銃眼から警察署に向かって投げた。

「目をつぶれっ」

喚きながらニーニョは両目を閉じた。途端、瞼を通して閃光が網膜を貫く。爆発音が響く。この音響閃光弾の光と音を目の当たりにすると、人は五秒から十秒ほどその視覚と聴覚を失う。衝撃で麻痺してしまうのだ。

果たして直後から、冷凍庫中で蜂の巣のように鳴り響いていた被弾音がピタリと止んだ。

「ニーニョ、終わった」

ドミンゴが声を上げ、ブローニングM2から身を引く。

「今度は徹甲焼夷弾をセットした」

ニーニョはうなずいた。再びスライドの重いバネを引き、トリガーに指先をかけた。今度はこの弾薬を使って、署内に火事を引き起こす。

＊

＊

「ほう……こりゃ、すさまじいな」

感嘆とも皮肉ともつかぬ竹崎の声が、リキの隣から上がる。

トラックの側面からは今、徹甲焼夷弾が連続して発射されている。警察所の外壁の至るところに被弾し、その被弾箇所から発火を起こしている。焼夷弾は内部にも着弾し、一階と二階の窓から瞬く間に火の手が上がった。

リキは攻撃の様子を見ながらも、ニーニョは分かっている、と思った。

角度からして、ニーニョは窓際上部しか掃射していない。室内に決定的なダメージは与えていない。だが、ブローニングの火力を考えればそれで充分だった。現に署内からは至るところで火の手が上がり始めている。署員は避難と消火活動に追われ、とてもトラックに反撃する余裕はない。

時計を見る。二時と、四十五秒経過。十秒おきの四回の爆発はすでに終わった。ここまでは細切れに連続して爆破を起こさせた。署員の関心を完全に階下に引き付けておくためだ。

今度は二時一分ジャストに、建物の東南角にあるボンベが爆発する。そこから三十秒間隔で、さらに他の三隅で爆発が三回つづく。最後の爆破は二時二分三十秒となる。すべては六階のパパリト救出から署員の目を逸らすための陽動作戦だ。

リキは視線を商業ビルとの間に転じた。

暗くてよく分からない。が、そろそろ商業ビルからロープが投げかけられている頃だと思う。

つい先ほど、警察署の六階――留置場の壁面が火を噴いた。真っ白い閃光が周囲を満たし、壁面のコンクリートが粉々に砕け、周囲に飛び散った。その破片と爆風で商業ビルの三階以上の窓ガラスは一瞬にして吹き飛んだ。二時を二十秒過ぎた時点でのことだ。が、この留置場の爆発時刻に合わせて、三号車に北東角のボンベを狙撃させ、裏手からも猛烈な閃光と爆発音を上げさせていた。

同時に起こった爆発音はその衝撃波のぶつかり合いによって中和され、発地が不明となる。室内で聞いたならなおさらのことだ。だから建物内にいる署員の多くは、六階が爆破されたとは気づいていないはずだ。おそらくはそれまでに二回つづいた爆発の方向を考え、ふたたび階下でいっそう大掛かりな爆破が起こったのだと感じるだろう。その勘違いを強化するためにも、さらに十秒後に北西の角を爆破させた。が、それでも救出を急ぐに越したことはない。

突然、トラックと警察署の間が真っ白な光に満たされた。周囲が真昼のように明るく照らし出される。三度目の音響閃光弾。東の間、職安通りも、標識も、冷凍トラックもくっきりと切り取られたように浮かび上がった。ビルの間にもその閃光の反射が届いた。

ようやくリキは見た。一瞬の光の中でその状況を捉えた。

ビルの間に橋渡しされているロープ。商業ビルの窓からフェルナンが身を乗り出し、片手でロープを握っている。その反対側、警察署の大きく破壊された壁の大穴から、痩せぎすの男が身を乗り出している。が、まだ両者ともぐずぐずしているようだ。ロープを地上へと垂らし終わっていない。

八回目の閃光が辺りを覆った。二時一分ジャストの爆破。警察署の建物の東南角に置かれた水素ボンベを一号車が狙撃したのだ。その直接の閃光に、ビルの間がさらに明るく照らし出される。

そのつづけざまの光の中、地上六階にある両者の姿が鮮明に浮かび上がる。何故か二人とも片手にロープの両端を握り合ったまま、もう一方の腕をさかんに振り上げている。パトが大口を開けているのが見えた。埃を被ったパパリトの横顔も妙に歪んでいた。二人は依然身を乗り出したまま、拳を振り上げつづけている。

リキはようやくその状況を理解した。そして呆れた。

アヒル《パト》と小鳥《パパリト》――二人のシカリオは、よりにもよってこの重大極まりない局面で罵り合っている。脱出そっちのけで口喧嘩をしている。

＊　＊

フェルナンはもう、先ほどから腸《はらわた》が煮えくり返っている。

留置所を爆破した直後には、ロープを片手に摑んで素早く立ち上がっていた。警察署の壁の側面に、ぽっかりと大きな穴が出来ていた。内部は暗くてよく見えない。

フェルナンは窓枠から身を乗り出し、さらにその爆破穴の内部を凝視した。

が、暗い闇の中、動くものは皆無だった。嫌な予感がちりちりと胸を焦がした。やはり火薬の量が多かったのかも……。パパリトは爆風で壁に叩きつけられ、死んだのかもしれない。死んでいないまでにしろ、気を失っているのかもしれない。とにかく、内部で動く影が見当たらない。

フェルナンは不安のあまり、リキに止められていた大声を上げた。

「おーいっ、大丈夫か！」

もう一度喚き声を上げようとした直後、警察署の裏手で白い光が滲んだ。四度目の水素ボンベ。その間接光がほんのりと内部を照らし出した。見えた。奥の陰から覗いている靴の裏。瓦礫《がれき》に埋もれている。が、ぴくりとその靴先が動いた。生きている。光が弱まり、周囲に再び闇が訪れた。

「おいっ、パパリト！」

大声を上げながら、フェルナンはその爆破穴を目がけて輪投げの要領でロープを放った。緩く弧を描いて飛んでいったロープの先が、かつて留置所だった暗い穴の中に吸い込まれる。

フェルナンはそのまま五秒ほど待った。

頼む。五体満足であってくれ――。

知らぬ間にそう願っていた。気がつけば胸の前で両手を合わせ、神に祈っていた。

直後、ビルとビルの間でたるんでいたロープに張力が漲《みなぎ》った。相手側がロープを摑み、引っ張り始めたのだと知る。

「パパリト！」

フェルナンは思わず喜びの声を上げた。

と同時に、一気にムカついた。

ばかやろう！　意識があるならあるで、なんでもっと早くロープを掴まない。何故もっと早く起き上がって、こっちに姿を見せない。時間がないんだっ。トラックが正面玄関に注意を引き付けておくにも限度があるんだぞ！

そんな憤懣《ふんまん》が一気に押し寄せてくる。

ようやく向こう側の穴倉からパパリトが姿を見せた。と同時に、警察署の正面から洩れ出てきた音響閃光弾の光が周囲を照らし出す。フェルナンはその光の中、相手の全身を捉えた。

頭部から真っ白に埃を被ったその姿。落ち窪《くぼ》んだ瞳。かなりやつれている。一瞬同情し、それでもつい怒鳴り声を上げた。

「ばーか。何をもたもたしてやがんだっ。時間がねえんだぞ！」

するとビルの向こうで、パパリトは醜く顔を歪めた。そして拳を振り上げた。

「馬鹿野郎っ。なんであんなに火薬の量を多くしたっ。おかげでこっちはえらい衝撃だ。危うく死ぬところだったんだぞ。この鈍牛野郎っ。脱糞野郎！」

思わずかっときた。鈍牛野郎はまだ許せる。だが、言うに事欠いて『脱糞野郎』とはなにごとだ？　おれがこの世でいっとう気にしていることを――。

「ふざけんなっ」気づいたときには喚き散らしていた。「それが危険を承知で救ってやっているおれに言う言葉か！　てめえはいったい恩義ってモノを知らねえのかっ」

が、パパリトも負けてはいない。さらに拳を振り上げ、怒鳴ってくる。

「脱糞野郎を脱糞野郎って呼んで何が悪い！　えっ、このクソったれ！」なおも二度、三度と立てつづけにフェルナンを指差し、憎々しげに白い歯を剝き出してくる。「だいたいおまえはな、字が下手過ぎるんだよ」

「んぁんだと？」

「てめえがよこしたあの手紙、ありゃなんだ。汚くて読めやしねえよっ。文法もなってない。馬鹿丸出しだ！」

直後、周囲が真っ白に染まった。二時一分経過。五度目の爆発。ビルの谷間にある水素ボンベが狙撃されたのだ。パパリトはその穴倉の中に全身を浮かび上がらせたまま、なおも大声を上げつづけている。

「このクソったれ。鈍牛野郎っ。なんでもうちょっとクールに仕事を出来ねえんだ。だからてめえはいつまで経っても冴えねえ二流のシカリオなんだよっ！」

「うるせえっ」もう心底頭にきていた。目の前の二本のロープ。先にパパリトが降り始めてから、自分も降りる予定だったが、かまうもんかと思った。「死ぬまでそこでほざいてろっ。おれは先に逃げる」

そう捨てゼリフを残し、自分用のロープを両手で摑んだ瞬間、

「そうはいくかっ」

パパリトが一声上げ、ロープを摑んでひらりと飛び降りた。緩やかに弧を描きながら落下していく。フェルナンのいるビルの壁にいったんぴたりと吸い付き、ロープを伝いながら素早く滑り降り始めた。フェルナンはついそれまでの怒りも忘れ、見とれた。どんなに体のコンディションが悪かろうと、このあたりの身のこなしはさすがだと感じる。

が、パパリトは滑り降りながらもちらりとフェルナンを見上げ、

「ばーか。てめえはおれを助け出すのが今回の仕事だろが」なおも言い足りなかったのか、そう口汚く罵ってきた。「てめえが先に下りてどうするんだ。この間抜けっ！」

その通りだと思う。それだけにいっそう腹が立った。悔しさと情けなさに歯軋りしながらも、フェルナンも自分用のロープを伝って地上へと降り始めた。

こいつ、いつか殺してやる——。

＊　＊

三度目のベルト交換。

ドミンゴがニーニョの脇で素早く両手を動かしている。腕時計を見る。二時一分八秒。一分少々の間に、インターバルを入れながら二百発の弾丸を撃ち尽くした。ややペースが速い。このままでは予定の三分が過ぎる前に、すべての弾丸を撃ち尽くしてしまう。もうすこしインターバルを長く取る必要がある。

ドミンゴの作業を横目で捉えながら、脇のペットボトルの蓋を開ける。中身の水を銃身に振りかける。ジュッ、という水の蒸発する音。掃射には多少のインターバルを置いてはいるものの、すでに大口径の弾丸を二百発撃っている。銃身が熱を持ち、爛れ始めている。そのまま撃ちつづけると、間違いなく軌道が歪む。

冷凍庫の天井にふたたび金属音が響き始めている。徹甲焼夷弾を撃ち尽くした直後には束の間止んでいた警察署側からの攻撃。おそらくは階上から攻撃されている。それらの被弾の音とは別に、妙な破裂音が一瞬車体を揺らした。

「ニーニョ、タイヤが被弾した。たぶん後輪！」

運転席の男が彼を振りかえり、大声を上げる。が、揺れただけだ。車体は傾いてはいない。

「大丈夫だ」ニーニョは負けずに叫び返す。「ダブルの外側だけだろ！」

内側のタイヤに弾丸が届いていなければ、なんとか自走にも持ちこたえられる。銃眼から警察署を窺う。相変わらず署員は建物から出てこない。ミート・チョッパーの火力に恐れをなし、遮蔽物の陰に身を潜めて散発的な反撃に終始している。それでいい。逆に言えば、ニーニョたちは署員を完全に建物の中に封じ込めている。

部下が屋外に向かって音響閃光弾を放り出す。直後の光と大音響。これで三発目。もう慣れっこになりつつある。

「終わった！」

喚くなりドミンゴが身を引く。

ふたたびレバーを引き、トリガーを引いた。マズルの先から連続して四散している火花。数秒に一度のインターバルで、ちらりと時計を見る。一分二十二秒。だいじょうぶ。今しがたの音響閃光弾の目潰しで、まだあと数秒間は反撃がないはずだ。そうこうするうちに六度目の爆発が西南の角で起こる。ふたたび警察側は動揺する。

が——。

マガジンを撃ち始めてから二回目のインターバルの直後だった。

掃射音の反響する冷凍庫の中、運転席から悲鳴が聞こえた。誰かの喚き声も響いた。助手席にいた部下が被弾した。警察側からの弾丸が窓ガラスを防犯フィルムごと貫いた。日本の警察も馬鹿ではない。おそらくは今の音響閃光弾が路上に転がったとき、射撃手のなかに咄嗟に目をつぶった人間がいたのだ。

直後、嫌な振動をフロアに感じた。ゴムのバースト音。どこかのタイヤをふたたび撃ち抜かれた。しかしまだ車体は沈んではいない。だが、このまま時間が過ぎていけば、やがて内側のタイヤまで撃ち抜かれることは必至だ。トラックは自走できなくなる。

くそ……相手側はこの攻撃に慣れはじめている。こちら側にとっては次第にまずい状況に陥り始めている。

銃眼から覗いている外の空間。その左手から一瞬光が弾け、車体が大きく揺れた。水素ボンベの爆発でトラックが衝撃波を受けたのだ。時間も分かる。攻撃開始から一分三十秒経過。約束の三分まで、ちょうど半分……だが、まだあと半分もある。

扉の脇に待機している部下。手には四つ目の音響閃光弾を握り締めている。銃把の反動が軽くなった。掃射音が消えた。四つ目のマガジンを撃ち尽くしたのだと知る。ちらりと時計を見る。一分四十二秒——やばい。やはり焦って早く撃ち過ぎている。弾薬ベルトはあと二つしかない。このままでは間違いなく三分は持たない……。

が——。

「グレネード！　ベルト！」

扉脇の部下とドミンゴに同時に喚きながらも、そろそろのはずだ、と思う。

救出計画がうまく進んでいれば、そろそろ警察署の裏手から響いてくる。三号車からの長いクラクション。それがパトとパパリトを回収して発進したという合図だ。

リキは計画段階で、そこまでの所要時間をロスも入れて最大三分と見ていた。

だが、パトは自信たっぷりに言い放っていた。早ければ、攻撃開始から一分三十秒から二分以内にはパパリトを連れて三号車まで辿り着けるはずだ、と。

無理な話ではない。留置場が爆破されたのはもう一分二十秒以上も前だ。ロープを放り、そのロープを伝って地上へと降り立つ。そこからビルの谷間を駆け抜けて三号車まで行き着く。不可能ではない。

しかし、まだクラクションの合図はない。

早くしてくれ、と願う。このままでは予定の時間まで銃弾もトラックも持ちこたえられない。

建物に隠れて警官の姿は見えない、姿は見えないが、その攻撃は予想外に的確だ。内側のタイヤまで撃ち抜かれるのは時間の問題だ。たとえパパリトを救出できたとしても、トラックが動けなくなれば、今度はおれたちがこの場に釘付けにされてしまう。かといってトラックを捨てて路上を逃げれば、警察署の中から狙い撃ちにされる。

目の前のドミンゴが四つ目のベルトを給弾している。時計を見る。一分四十八秒……。

クラクションはまだか、と思う。ちりちりと高まってくる焦りの中で、必死に願う。

気づく。扉の横の部下。まだ手の中に音響閃光弾を握っている。グレネードのピンをまごまごと引っ張っている。何故か外に放り投げていない。屋根と側面の壁に、跳弾の音が無数に響いている。

「なにをしている！」思わずニーニョは怒鳴りつけた。「早くピンを抜けっ。外に放り投げろ！」

「取れねえんだよっ」泣きそうな顔で部下が声を上げる。「何度抜こうとしても抜けねえんだ」

思わず舌打ちした。そして泣き出したくなる。まさかこんな重要な局面で不良品にでくわすとは思ってもみなかった。

「ばかやろうっ」ベルトを取り替えているドミンゴが一喝した。「だったら次のグレネードのピンを抜け！　そいつを放り投げろっ」

部下は一瞬、ぽかんとした。焦りまくっていて、そんな単純なことにも気づいていなかった様子だ。が、次の瞬間の行動は素早かった。脇に転がっていた新しい音響閃光弾のピンを引き抜くと、すかさず外へと放り出した。

「終わった！」

ベルトを替え終えたドミンゴがほぼ同時に叫び、ブローニングから身を引いた。

直後だった。目の前の床で火花が散ったかと思うと、投げ出していた右太股に焼け付くような痛みを感じた。銃眼から紛れ込んできた跳弾だ。金属製の床に跳ね返り、ニーニョの太股を貫いた。

「あっ」

思わず叫び声を上げた瞬間、外部からの強烈な閃光が網膜を貫いた。針を突き刺されたような激烈な痛みが網膜に走り、さらにその痛みが脳天まで駆け抜ける。グレネードが爆発する瞬間、迂闊にも目を開けてしまっていた。太股の焼け付くような痛みにも耐え切れず、ニーニョはブローニングから両手を離し、床を転げまわった。

「おいっ、ニーニョっ。ニーニョ！」

ドミンゴの喚き声が聞こえる。目は開けている、だが真っ暗だ。真っ暗な視界の中にちかちかと光線が飛び続けている。何も見えない。回復するのに五秒から十秒はかかる。おれはしばらく使い物にならない――。

「ドミンゴ、おれと交代してくれ！　撃ち手っ」

転げまわりながらも頭だけは冷静に働いていた。なんとかドミンゴに指示を出すことが出来た。どこからか爆発音が聞こえてきた。三号車の狙撃。警察署の北東角。ようやく二分経過。だが、最大の場合、まだあと一分も粘る必要がある。でも、パトは二分以内だと言っていた。早ければ今すぐにでもクラクションが鳴るはず……。

――。

くそっ。やっぱりクラクションは鳴らない。

痛みに耐えかねて依然転げまわりながらも、次第に怒りが頂点に達する。

自信たっぷりに言い放っていたパト。鼻息も荒かった。

あのやろう、なにをグズグズしてやがる。このままおれたちをトラックごと蜂の巣にでもするつもりか。

＊　＊

窓の外が、ふたたび真昼のように明るくなった。

トラックから路上に放り出された音響閃光弾が爆発したのだ。

その光の中で、リキは捉えた。隣の商業ビルの壁に貼り付いている二人の男。くっきりと浮かび上がっている。上下して二本のロープを伝って降りてきている。上が肉厚な大男。下が痩せぎすの男。パトとパパリト。時計を見る。二時一分五十三秒。閃光弾の光が弱まり、消えていく。二人の影はふたたびビルの間の闇に呑まれていく。

こんな場合ながら、リキはつい笑い声を上げた。

たっぷりとお互いを罵り合ったあと、ようやくロープを伝って降下を始めた二人のシカリオ。その間、トラックの中のニーニョがどんな気持ちで警察側の攻撃に耐えているのか、まったくのお構いなしだろう。この一秒を争う大事な局面で言語道断だ。

と同時に、これこそがラティーノだ、と感じる。

優先されるのは常にその時々の自分の感情だ。その無邪気さと潔さ。だから、どんなに切迫した状況でも妙に明るく見える。

が、次の瞬間、そのリキの笑みは止んだ。

警察署の背後から見えた閃光。北東の角の水素ボンベが爆破された。ビルとビルの間がふたたび明るくなり、商業ビルの壁面を照らし出した。

ロープにしがみ付いている人影は一つ。三階から二階の間にぶら下がっている。パパリトだけだ。その上にいたはずの、パトがいない。直後、パパリトも何故かロープを離した。そのまま数メートル下の植え込みに落下していく。

咄嗟に警察署側の壁を見た。六階の爆破孔。人影が見える。ぎょっとした。片腕を下方に突き出している。笑みが凍りついた。気が付いたときには玄関に向かって走り出していた。

「おいっ。いったいどうした」

竹崎の驚いたような声が背中にかかる。

「後で説明する」

言い捨て、ドアノブを回し、部屋を飛び出た。廊下を駆け出した。廊下の一番奥、うまい具合に、この最上階でエレベーターが停まっている。

早くしなくては――。

留置場の爆破孔に見えた人影。片腕を宙に向かって突き出していた。その腕の先で鈍く光っていたものは、明らかに銃器だ。

エレベーターに飛び乗る。一階を押しながら携帯を取り出し、三号車のドライバーを呼び出し始めた。

＊　＊

パパリトには最初、何が起こったのか判らなかった。

どこかで軽い音が弾けた。大口径の速射音や音響閃光弾のような派手な音ではなかった。もっと小さな、爆竹が一本だけ破裂したような音――。

大きな物体がパパリトのすぐ脇を落下していった。それと気づいたときには、パトの足首がつい目と鼻の先を過ぎ去っていった。重苦しい接地音が下方から聞こえた。目の前のコンクリートの壁。一瞬その表面が弾け、周囲にセメントが舞った。跳弾。今度はその穿《うが》たれた穴のすぐ側で、ふたたびセメントの欠片が舞った。

一瞬、周囲が眩《まばゆ》いまでに明るくなった。パパリトは後ろ上方を振り返った。留置所の爆破孔に人影が見える。警察官。一人。リボルバーをこちらに突き出したまま見下ろしている。

狙撃されている――パトは撃たれて落下した。

そう悟った瞬間には、ロープを離していた。地上まで四、五メートル。なんとかなる。落下していく。落ちていく間にも軽い銃撃音が二度響いた。直後、地上の植え込みに臀部から激突した。激烈な痛みを堪えながらも素早く身を伏せる。上方からもう一度発砲音が響く。最初から数えて六発目。が、体には被弾しなかった。そこであらためてほっとする。パパリトは知っている。日本警察が使用するリボルバー。ニューナンブ・モデル60。装弾数は六発。すでに弾切れを起こしているはず——。

パパリトはあらためて身を起こし、周囲を素早く見回した。少し先の植え込みの暗がりに大柄な人影が見える。うつ伏せに倒れたまま、微かに呻き声を上げている。

「パトっ」

思わず叫び声を上げながら一足飛びに相手に飛びつき、その体を裏返した。胸元を見た。作業服と思しきツナギの胸部が、血でどす黒く染まっている。愕然とした。

「おいっ、大丈夫か！」

そう喚きながらつい相手の体を揺さぶった。

「揺するな。痛ぇよ」口から血を流しながら、パトは顔をしかめた。「……大丈夫じゃない。見りゃ分かるだろうが」

「立てるか」

「立てねえよ」答えながらパトはさらに鮮血を吐いた。「逃げろ。捨ててけ」

捨ててけ。その意味は分かる。おれを捨てて逃げろ――。

道理も充分に分かっている。パトは胸部中央を撃ち抜かれている。どうせこいつは死ぬ。

今ここから助け出したところで同じことだ。

――が。

パパリトは相手の脇に腕を突っ込み、無理やりに立たせようとした。ぐにゃりとした相手の体。すでにその四肢に力はない。さらに強引に相手の上半身を引き起こし、背中に背負い始める。思うようにいかない。パトはパパリトの背中に寄りかかったまま、ぶつぶつと何かをつぶやいている。意識が朦朧《もうろう》とし始めている。

相手の両腕を自分の肩になんとか廻させた時点で、一気に立ち上がろうとした。が、パトの重みに半ばまで立ち上がって腰砕けになる。再び地面に尻餅をついた。長い監禁生活で足腰の筋力が完全に萎《な》えている。

くそっ。

思わず舌打ちする。いったいなんでこの鈍牛野郎はこんなにも重いんだ。泣きたくなる。実際に泣き始めている自分に気づく。そしてその事実に仰天する。

おれは、悲しいのか。こいつが死ぬかもしれなくて、それで悲しんでいるのか――。

不意に背中が軽くなった。顔を上げた。いつの間にか人影が脇に立っていた。

「何を、泣いている」

そう言って、目の前の顔が笑った。懐かしい顔。リキだった。おれたちのボス……やっぱり助けに来てくれた。と、パパリトの目の前でリキがしゃがんだ。

「おれに背負わせろ」

「え？」

「時間がない。早くしろ」

その指示に従った。ぐったりとしているパトをなんとかその背中に背負わせた。

「おまえが持て。何かあれば掩護しろ」

そう言ってパパリトにベレッタを手渡すや否や、リキはパトを背負ったまま走り出した。表の職安通りとは逆の方向。パパリトもそのあとを追う。

裏通りに出ると、目の前に小さな赤いクルマが急停車した。

リキが後部座席のドアを開け、パトを放り込む。

「おまえも乗れ」

言われたとおり、つづけざまに後部座席に乗り込んだ。途端、ドライバーが長いクラクションを鳴らし始めた。リキが助手席のドアを開け、車内に潜り込んだ。

直後、クルマは急発進した。

「今、二時三分と、十五秒です」Ｓレンジのままでさらにクルマを加速させながら、ルナールがつぶやいた。「多少オーバーしましたが、なんとか間に合いましたね」

ああ、とリキがうなずいた。パパリトにはその意味はよく分からない。分かっているのは、隣のパトが今にも死にかけているということだけだ。

「おい、しっかりしろ」

言いながら、早くも土気色に変わり始めているその頰を軽く叩く。

う……。

小さな唸り声を上げ、パトがほんの少し目を開いた。それからいかにも面倒くさそうにパパリトのほうを見てきた。クルマはまだ猛烈な速度で道を駆け抜けている。その絶え間ない振動が不快なのだろう、パトが顔をしかめる。

「だからこんなクルマ、駄目なんだ」そう、途切れ途切れにつぶやいた。「逃亡車としては、サスが緩すぎる」

「…………」

パパリトはなんと言えばいいのか分からない。この馬鹿が相当なクルマ好きだということは以前から知っていた。だが、死ぬ間際までこんな下らぬ話題を口にするとは思わなかった。その神経を疑う。

黙っているパパリトの前で、パトはさらに口を開いた。

「……おれは、もう駄目だろう」

「何を言う」

するとと相手はうっすらと笑った。

「おまえの顔に、そう書いてある」

「――」

パトはまた大量に血を吐いた。次に少し息を吐いた。

「頼みを、聞いてくれ」

「なんだ?」

パパリトは思わず身を乗り出した。死に際の頼み。自分に出来ることなら、何でも言うことを聞いてやるつもりだった。しかし、こいつにはすでに身寄りはない。考えながらもさらに口を開く。

「言ってみろ。アニータか。あの女の件か。面倒を見ろということか?」

が、パトは微かに首を振った。

「あいつは大丈夫だ。金も溜まった。もうすぐ国へ帰る」

「じゃあ、なんだ?」

「クルマ――」

一瞬、パパリトは我が耳を疑った。

「は?」

「おれの、クルマ」パトはもう一度繰り返す。「今、豊島区のレンタルガレージに駐まっている。それを、引き取ってくれ」

なんという馬鹿だ。死ぬ間際の頼みが、たかがクルマ一台とは。こいつの神経はいったいどうなっているんだ。あまりの貧血にアタマがおかしくなったか。それとも近づいてくる死神の恐怖に血迷っているのか。

が、パトは必死の面持ちで言葉をつづける。

「豊島区の『ハッピイ・ガレージ』だ。ネットで調べれば分かる。引き取ってくれ。母国に持ち帰って、おまえが大切に乗ってくれ」

「…………」

「それが、おれのお願いだ」

気づく。その目尻にうっすらと涙が滲んでいる。

こいつ……本気だ。狂ったわけでも、血迷っているわけでもない。ただ、ひたすらに自分のクルマのことを訴えている。行く末の扱われ方を心配している。

途端、パパリトの涙腺も一気に緩んだ。

三十年以上生きてきたこいつの人生……。なのに、その死ぬ間際に残りの命を懸けて気にすることが、自分のクルマぽっきりとは。あまりにも悲しすぎる。間抜けすぎる。そしてこの馬鹿は、そんな己の人生の愚かさにもてんで気がついていない。

昔から、こいつのことが大嫌いだった。その生き方も暮らしぶりも、パパリトから見ればまるで無意味だった。くだらぬ女と付き合い、くだらぬクルマ遊びにうつつを抜かし、悪趣味極まりないディスコティカで稼いだ金を散財する。自らの安っぽい見栄のためにテーブルの仲間の呑み代をすべて支払う。そして、それらのことにイチイチ夢中になって喜び、腹を立て、身を捩るようにして悲しむ。下劣で、ろくでなしの極楽トンボ。その無駄だらけの一生。くだらない。くだらな過ぎる。

でも、だからこそ人生は美しいのだ。

「分かった」

気が付けばパトの顔を見つめたまま、そう返事していた。

「おまえのクルマ、おれが一生面倒をみる。大切に扱ってやる」答えながらも、その内容のあまりの下らなさと切なさに、思わず泣き笑いの表情を浮かべた。「だから、安心しろ」

パトはにっこりと笑った。

グラシアス、とつぶやいたかと思うと、不意に首が力なく傾いた。目尻から涙が零《こぼ》れ落《お》ちた。

直後、車内で携帯の鳴る音が響いた。

「はい――おれだ」

助手席でリキが声を上げる。

「そうか……なんとか自走できているんだな。で、被害状況は？」

そう質問して、しばらく黙り込んだあと、ふたたび口を開いた。

「ニーニョ、よく脚を縛れ。ホアンにも同様の処置をしておけ。予定通り七丁目の交差点でトラックを捨てろ。一号車、二号車に分乗しろ——ああ。おれは今三号車だ。こっちか？」

そう言って携帯を耳に当てたまま、後部座席を振り返った。パパリトは黙って首を振った。リキはうなずき、口を開いた。

「今、パトが死んだ。詳しい話は事務所で落ち合ってからだ」

携帯を切ったリキは、もう一度こちらを向いた。

「パトの目尻を拭いてやれ」

そう言ってハンカチを差し出してきた。そのハンカチからは、何故か微かに女の匂いがした。

エピローグ

午前四時。

東の空が白みかけていた。

リキが阿佐谷の倉庫を出ると、そこに竹崎がいた。昨夜のようにロードスターの脇に身を寄せ、突っ立っていた。

「終わったのか」

「ああ」

答えながらロードスターに乗り込んだ。先ほど竹崎から電話がかかってきたとき、あらましの事情は説明していた。竹崎は黙ってエンジンをかけた。

部下たちはまだ事務所の中にいて、パトの亡骸《なきがら》を前に悲嘆にくれている。だが、彼らにもぐずぐずしている時間はない。すぐにこの日本を出る準備にかからなくてはならない。パトの死体を業務用の粉砕機《ミル》にかけ、下水管の中に流すように言い残して倉庫を出た。冷たい言い方だとは思ったが、それしか方法はなかった。

夜明けの道は空いている。ロードスターは滑るようにして中杉通りを南下していき、やがて青梅街道に入った。フロント・ウィンドウからわずかに巻き込んでくる風。ゆうべと同じようにひんやりとして感じる。

ふと思いつき、カーラジオをつけた。朝のニュース番組にチューナーを合わせる。

やっていた。アナウンサーが事務的な口調で、新宿北署が襲撃された事件を伝えていた。だが、具体的な被害状況にまでは言及していなかった。まだ時間が早すぎるのだ。正確な状況を摑みきれていない。

たぶん、死人は出ていないはずだ。リキの見る限り、ニーニョはそういう撃ち方を一度もしていなかった。今朝からテレビニュースは、この話題で持ちきりだろう。ホテルに戻ってから午前中いっぱいをかけて、さらに詳しい被害状況を確認すればいい。

ラジオを消した。

それから竹崎のほうを向き、口を開いた。

「カーサのこと、来年からよろしく頼む」

「分かった」

「たぶんだが、そうなれば若槻妙子もなにかと骨を折ってくれるはずだ」

「ほう？」

「あの女は言った。今夜おれにもしものことがあったら、一生カーサの面倒を見ると」

竹崎は軽く笑った。

「なるほど」

そうつぶやき、もう一度乾いた笑い声を上げた。

「ま、あの女は一生独身だろうからな」

「どうしてそう思う」

「お前と同じ人種だ」竹崎は答えた。「地球人との結婚は似合わない」

その言い回しにリキも少し笑った。が、苦い笑いだった。

山手通りとの交差点で、信号に引っかかった。

「……いつか、おれに聞いてきたよな」ふたたび竹崎がのんびりと口を開いた。「カミさんが死んだとき、どう思ったかって」

十五年ほど前に竹崎の女房が死んだことは知っていた。たしか癌《がん》だった。

信号が青に変わる。竹崎はギアをローに入れ、クルマを発進させた。

「ほっとしたよ」つぶやくように竹崎は言った。「好きで結婚したし、子どもも二人作った。でも、あいつが死んでくれたときには、心底ほっとした」

「………」

「好きだったが、ずっと馴染めないものを感じていた。どこかで女房のことを冷たく見つめていた。おれは、それを知られまいと必死だった。知れば女房は悲しむ。だから、ほっとした」

行く手に西新宿の高層ビル群が見えてきた。東の空が、深い群青《ぐんじょう》色から、鮮やかな浅葱《あさぎ》色に変わりつつある。明け行く空。その下で、無数の赤い航空障害灯がちかちかと瞬いている。

カラスの鳴き声がどこからか聞こえてきた。

「で、今は満足なのか?」

気がつけば口を開いていた。竹崎は軽く肩をすくめた。

「分からんな」そう答えた。「だが、気楽なことはたしかだ。この気持ちのまま往生できれば、それでいい」

それっきり、会話は途切れた。

ロードスターは青梅街道から公園通りへと入った。都庁の角を回り込み、センチュリーハイアット脇の歩道で停車した。

「じゃあ、また連絡する」

クルマを降りながらリキは言った。運転席からこちらを見上げ、竹崎はうなずいた。

「カーサとあのおねえちゃんに、よろしくな」

「わかった」

竹崎にうなずき返し、それから踵を返した。ホテル前のロータリーに向かって歩道を歩き始めた。ロードスターの排気音が遠ざかっていくのを背中で聞いた。

ゆっくりとロータリーを回り込んでいく。見えてきた。エントランス前に立っているドアマン。カーサの友達《アミーゴ》。こちらに向かって微かに頭を下げてくる。そのドアマンに向かって、軽くうなずいてみせた。

直後のことだ。

背後から足音が響いたかと思うと、背中に何かがぶつかってきた。妙な違和感。すぐに焼け付くような痛みが背中全体に広がっていく。

リキは身を捩って背後を振り返った。男が立っていた。見るからに貧相な顔つきの小柄なラティーノ。顔中にひどい傷の痕が散らばっている。その右手に血塗れの大型ナイフが光っている。

こいつ――。

「ざまあみろ！」

相手は叫んだ。開いた口にはまったく歯がなかった。叫びながらふたたびナイフを突き出してきた。残忍な喜びに醜く歪んだ顔。咄嗟に避けようとしたが、背中の痛みに動きが鈍っていた。ナイフが腹部に吸い込まれた。二度目の激痛が全身を襲った。

「この前のお礼だっ」相手は唾を飛ばしながら喚き散らした。「十倍返しだ！」

そう言って二度、三度と腹部を突いてきた。その突き出す右手には包帯が巻かれている。ようやく思い出した。こいつ――あのカケス野郎だ。ゴンサロの手下だった冴えない売人。小便と涙を垂れ流しながら、パトに散々にいたぶられていた。だが、今やこいつにはボスはいない……。

「ミスター！」

ドアマンの声が背後で響く。

ようやく相手の腕を摑み、リキは声を振り絞った。

「誰に、頼まれた」

「デルガドだよ」相手は笑った。「おまえの死体を手土産代わりに、あいつの組織に行く」

デルガド――ネオ・カルテルの取り纏め役。インテリぶった狸親父《たぬきおやじ》。ずっと運営協定を結んできた。思いもかけなかった。

が、ゴンサロが死んだ今、あの狸親父にとってカルテル内での唯一の対抗勢力はリキだけだ。あとは新参者の雑魚《ざこ》ばかり。リキさえいなくなればデルガドは思うようにカルテルを誘導できる。迂闊だった。長年の付き合いでつい油断していた。おれのミスだ。

――だが、もう遅いようだ。

思わず相手の顔に手を伸ばそうとした。が、相手は素早く身を引いた。

「死ね！」

そう叫び、両手でナイフを突いてきた。リキは見た。その先端が鳩尾《みぞおち》へと吸い込まれていった。全身をふたたび激痛が駆け抜けた。息が詰まった。堪らず腰砕けになり、エントランスに無様に尻餅をついた。

目の隅で捉えた。カケス野郎が身を翻し、ロータリーの向こうへと逃げてゆく。ナイフの柄はリキの鳩尾に突き立ったままだ。が、その身近な視界もゆっくりと薄れていく。無理もないと思う。自分でも恐ろしいほど冷静に判断できている。おれは心臓を深く抉られている。血液が全身に回らなくなっている。

「ミスターっ。セニョール！」

世界が暗くなってくる。闇に埋もれていく。誰かがおれの体を揺すっている。

「大丈夫ですかっ、松本さん！」

……松本？

誰のことだ。

遠くなっていく。竹崎も、若槻妙子も、そしてカーサも。みんな遠ざかっていく。

これからも彼らは生きていく。でも大丈夫だ。きっとあの二人は、カーサの面倒を見てくれる。何も心配は要らない。カーサはこの日本で、幸せな人生を送る。

あとは、おれだ。おれのことだけだ。

不意に、あの懐かしい唄が脳裏に浮かんだ。

人生を早く知ることは損
まだ進路も決まらないうちに　出発しなければならなくなる
よく聞いておきなさい
用心して人生の旅に出かけなさい
たくさんの曲がり角で何が起こるか判らない
与えられる時間は僅かで　束の間に過ぎてゆく

心に留めておきなさい
世の中は粉をひく風車のようなものだと
あなたの夢も希望も　粉々にすり潰してゆくもの

……だが、おれはもう旅に出かける必要はない。曲がり角で用心することも、自分をこれ以上にすり潰されることもない。

闇の中、微笑んでいる自分が分かった。

おれの旅が終わる。やっと、休める。

ベロニカ――。
これからおれは、ようやくおまえの元に行く。

参考・引用文献

『暴力の子供たち』アロンソ・サラサール（朝日選書　一九九七）
『麻薬帝国コロンビアの虐殺』ケイ・ウルフ　シビル・テイラー（徳間書店　一九九一）
『コロンビア内戦』伊高浩昭（論創社　二〇〇三）
『パブロを殺せ』マーク・ボウデン（早川書房　二〇〇二）
『それでも私は腐敗と戦う』イングリット・ベタンクール（草思社　二〇〇二）
『キングス・オブ・コカイン（上）』ガイ・グリオッタ　ジェフ・リーン（草思社　一九九二）
『キングス・オブ・コカイン（下）』ガイ・グリオッタ　ジェフ・リーン（草思社　一九九二）
『熟年事件記者のコロンビア』津崎至（彩流社　二〇〇〇）
『北海道警察の冷たい夏』曾我部司（寿郎社　二〇〇三）
『北海道警察　日本で一番悪い奴ら』織川隆（講談社　二〇〇三）

『日本警察崩壊』小林道雄（講談社　二〇〇三）
『警察官僚』神一行（角川文庫　二〇〇〇）

本作品の執筆に当たり、コロンビアと日本でお世話になった方々へ、この場を借りてお礼申し上げます。

文庫版あとがき

註・旧版文庫（二〇〇九年刊行）より再収録しました。

懸命に生きても、正しく生きようとしても、決して幸せになれない人間がいる。どんなに社会的に成功しようとも、一見家庭的に恵まれているように見えても、少なくともその本人の内面は幸せではない。

何故そういうことになるのかを、昔からぼんやりと考えていた。

たぶん、その答えは文中のこの言葉に集約されるのではないかと思う。

主人公の養母が死ぬ間際に、彼に伝える言葉だ。

「だから分かるね、リキ。仕返しをしようなんて思わないことだ。人を恨んじゃいけない。自分の心を檻に入れちゃいけない。憎しみはね、檻だよ。いったんその檻に入ってしまったら、終わりだ。どんなに正しい生き方をしようが、どんなに真面目に働こうが、心に憎しみを飼っている人間を、神様は明るく照らしてはくれない。一生、灰色の壁の中で息をすることになる。抜け出せなくなる」

実は、傍目から見えることは単なる事実でしかなく、そこに真実はない。その当人の心持ちの中にしか、真実はない。

この『ゆりかごで眠れ』という本は、版元は違うが、拙著『ワイルド・ソウル』と対を成す作品である。言ってみれば、コインの表と裏だ。

『ワイルド・ソウル』の主人公たちが、その怨恨や憎悪を昇華させ、それぞれがまったく違う精神のステージに上っていく作品なら、この『ゆりかごで眠れ』は、過去の悲しみと憎悪を抱えたまま、ひたすら生き逃れようとする人々の話だ。

どちらが正しくて、どちらが正しくないという話ではない。そういう二元論の話ではない。ただ、それぞれの生き方の中にある真実を、私は書きたかっただけだ。

そしてこの執筆中——特に、養母ベロニカと主人公リキのシーンや、やがてリキが大人になり、浮浪児《ガミン》の少女を引き取って自分の娘として育てる決心をした件《くだり》を書いているとき、不覚にも涙がぽろぽろと出た。こんな経験は初めてだった。おそらくは、私の心の奥底にある何かが、そこに自然に浮き出てきてしまったからだと思う。

なお、作品中に出てくるリキの部下・カルロスの愛称「小鳥《パパリト》」だが、より正確な呼び方では「パファリート」となる。しかし、カルロスの性格を考えて、より親しみ易い語感のパパリトとしたことを、ここに記しておく。

垣根涼介

新装版文庫　あとがき

この小説の取材のためにコロンビアに行ったのは、二〇〇二年のことだった。それから二十数年が経つ。

訪れた主だった都市は、カリ、メデジン、サンタ・フェ・デ・ボゴダ、カルタヘナだ。当時はまだ反政府ゲリラが各地に勢力を張り、あちこちで内戦が行われていた。田舎に行けば、しばしば驢馬《ろば》が荷車を引いていた。

私が就職したのは一九八九年だった。一、二年後、日本は一人当たりのGDPでアメリカを抜いた。世界一の経済大国に躍り出た。街にも通りにも飲み屋にも人が溢れ、そのあぶく銭を求めて様々な外国から人々がやって来た。中国人、タイ人、韓国人、イラン人、ブラジル人、コロンビア人……東京や横浜などの繁華街は、そんな出稼ぎ労働者や売春婦たちで溢れていた。「ジャパ行きさん」だ。彼ら専用の飲み屋やディスコティカまであった。

だが、残念ながらそんな仮初の繁栄も長くは続かなかった。日本はゆっくりと萎んでいった。彼ら外国人たちは二〇〇〇年代の前半になる頃には、そのほとんどが母国へと帰っていった。

時は流れて二〇一八年、ロシア西部にあるサランスクという町で開かれたワールドカップを見た。日本対コロンビアの試合だ。

サッカースタジアムの大部分を埋め尽くしていたのは、「黄色と青と赤」のコロンビアの国旗だった。日本の「日の丸」サポーターはごく一部にしか固まっていなかった。日本とコロンビアからのサランスクまでの距離に、大きな違いはない。おそらくは飛行機運賃も同様だろう。そこに私は、二〇一八年の日本の現実を見た。コロンビアという国の、以前とは見間違うばかりの活力を垣間見た。

さらに六年後の現在、今度は逆に日本人たちが高給の仕事を求めて海外に旅立つようになった。行き先は英語圏が多い。アメリカやカナダ、オーストラリアなどだ。

サンフランシスコ住民の平均年収は（主婦も含めて）千四百万円、ニューヨークやヴァンクーバーでの寿司職人は「雇われ」でも月給七十万から百万、オーストラリアでの介護職の、その補助の仕事でも月給は五十万、中国のファーウェイ日本法人の初任給でさえ四〇万の時代に、日本企業の平均初任給は未だ二十万前後という体たらくだ。私が初任給を貰った頃とほとんど変わっていない。しかも国内の物価は近年、地価も含めてガンガンに上がってきている。

これでは若い人たちが、この国に愛想を尽かし始めるのも当然だろう。

しかし私は別に、この国の政治や企業体質を責めているわけではない。為替のことを言っているわけでも、金がすべてだと思っているわけでもない。ただ、経済に裏打ちされた人々の希望の話をしている。

戦前や終戦直後の日本でも、仕事と食い扶持を求めて多くの人々が南米大陸、東南アジア諸国に渡っていった。親に売られて東南アジアや上海に向かった娘たちは、その多くが女郎になった。「唐行きさん」と呼ばれていたらしい。私の祖父もシンガポールの食堂で皿洗いから始めた。辛《つら》い時は夏目漱石の小説群を何度も読み返していたそうだ。やがてゴム園を経営して財を成し、それで日本に帰ってきた。

が、幸運にも成功した人もいるが、異国の地で失意のうちに朽ち果てた者もそれ以上に多かったと聞く。この小説の主人公・小林リキの両親やその縁者も、そうだ。

この話に、別に結論はない。

結論はないが、今の私に出来るのは、この時代に勇気をもって外国に飛び出して行った若者たちに「幸《さち》あれ」と願うことだけだ。

なお、私は現在五十七歳になるが、「あの頃はよかったなあ」などという感慨で、自分の過去を振り返ったことは一度もない。個人的な昔話も（必要がなければ）一切しない。人間、それをやったら終わりだと思っている。この姿勢は、自らの著作物に対してもほぼ同様だ。どちらも既に過ぎ去った時間だ。だから振り返らない。私の興味はいつも、現在と地続きになっている未来に向かっている。

けれどこの小説だけは、気づけば数年に一度は所々を読み返していた。その度にそんな自分に、「あ……」と驚いた。今でも私の中に、強く共振するものがあるからだろう。

こうして新装版が出たことに、感謝したい。

二〇二三年一〇月

垣根涼介

解説

佐藤究

二〇〇九年の「文庫版あとがき」によれば、本作『ゆりかごで眠れ』は『ワイルド・ソウル』（新潮文庫）と「対を成す」小説で、「コインの表と裏」の関係にある。

つまり双方の作品を読めば、それぞれの深みも増すということだ。おそらくどちらを先に読んでもかまわない。『ゆりかごで眠れ』の主人公、リキ・小林・ガルシアと、『ワイルド・ソウル』の主人公、野口・カルロス・啓一が、東京のどこかですれちがい、あるいは一瞬目を合わせたかもしれない――そんな想像を味わえるのは、版元の異なる二作を読んだ人だけの楽しみと言えるだろう。

『ゆりかごで眠れ』の最大の特徴は、孤独、憎悪、愛欲、暴力といった暗い要素と共にストーリーが突き進む一方で、かすかな光を放つ人間の〈優しさ〉が、あたかも独立した寓話のように丁寧《ていねい》な筆致《ひっち》で描かれる点にある。日系コロンビア人で麻薬《ナルコ》密売人のリキと、浮浪児《ガミン》だった少女カーサとの出会い。どこまでも残酷な現実の闇から、そっと二人の影を切り離してくれるような、はかない優しさの光。

「コインの表と裏」の関係にある『ワイルド・ソウル』と同様、本作も現代の犯罪小説のスタイルを取りつつ、物語は歴史的なパースペクティヴ——コロンビア内戦や麻薬戦争のルーツ——と不可分になっており、のちに垣根涼介さんが歴史小説に移行する未来をすでに予感させる。ストーリーの通奏低音を成すのはリキの生きざまにほかならないが、それはコロンビアの歴史、なかでもメデジンという街の背負った宿命と分かちがたく結びついているものだ。

心の内に優しさを秘めたリキを、「深夜に降る霧雨のように無慈悲で、冷たい」世界にのみこんでゆく渦、その中心にあるのは白い粉、メデジンを源流とするコカイン・ビジネスの力である。本作について語ろうとすれば、メデジンに君臨した麻薬王の存在は避けて通れないだろう。

メデジン・カルテルの首領《ドン》として政治家や役人を買収し、膨大な数の殺人に関与しながら、現代コカイン・ビジネスの礎《いしずえ》を築いたパブロ・エスコバルは、一九九三年十二月、国家警察の特殊作戦部隊を向こうに回した銃撃戦のさなかに絶命した。四十四歳だった。『ゆりかごで眠れ』の世界においても、伝説の麻薬王パブロ・エスコバルの影は色濃く感じられる。東京の縄張りでコカイン・ビジネスを展開するリキ、彼の母国での住居は麻薬王の故郷メデジン市にあり、リキ自身もメデジンで育っている。またリキの東京での競合相手、兎《コネッホ》ことゴンサロにいたっては、パブロ・エスコバルのボディガードだったという設定だ。

二〇二二年八月、私の友人の危険地帯ジャーナリスト、丸山ゴンザレスさんから、私のもとに画像データが送られてきた。映っていたのは彼が取材中のコロンビアで撮影した野生のカバだった。本来アフリカにしかいないカバがコロンビアにいるのは、パブロ・エスコバルの私設動物園が原因である。そこで飼われていたカバが檻《おり》の外で繁殖し、野生化したのだ。〈パブロのカバ〉は従来の生態系や人々の安全を脅《おびや》かす社会問題になっている。文学上のマジックリアリズムの話ではない。

夜中に送られてきたカバの画像にも驚いたが、その数日後、ゴンザレスさんがロベルト・エスコバルのインタビューを成功させた快挙にはさらに驚いた。ロベルトはパブロ・エスコバルの実兄で、過去には捜査機関に十四億円もの懸賞金をかけられた元メデジン・カルテルの大幹部である。

テレビカメラクルーが同行したインタビューの模様は、二〇二二年の冬、ＴＢＳ『クレイジージャーニー』の〈麻薬ビジネス取材旅コロンビア編〉として放送された。奇しくも二十九年前にパブロが撃たれたのと同じ十二月のオンエアだった。

コカイン・ビジネスから完全に足を洗い、現在は会社を経営しているという高齢のロベルト・エスコバルは、しかしどう見てもごく普通の市民には見えなかった。普通でない人生を送ってきたのだから当然かもしれない。彼は要塞じみたセキュリティ万全の家に暮らし、息子や部下に囲まれ、特別な存在として場の空気を支配していた。ふくよかな輪郭だった弟パブロとは異なり、ロベルトの顔立ちは鋭く、口髭も生やさず、歳のせいで目がよく見えないはずなのに（彼は自分でそう言った）、そしてサングラスで目を覆っているはずなのに、冷徹な眼光がテレビ画面から伝わってきた。

笑顔などかけらも見せず、ジョークの一言すら口にしない。陽気なラティーノとは真逆の態度で、静かに自分の〈格〉を相手に悟らせる――そんなロベルトの佇《たたず》まいには「一見穏やかそう」でいて、じつは「瞳を取り囲む上瞼《うわまぶた》と下瞼、目尻の輪郭でそう見えるだけ」にすぎず、「およそ表情というものがない」という、本作におけるリキの顔の描写に通じる怖さがあった。

インタビューでは答えを巧妙にはぐらかし、謎を残したロベルト・エスコバルだったが、動いている彼の映像には、元メデジン・カルテルの大幹部が持つ雰囲気がたしかに記録されていた。写真だけではあの感じは伝わらないだろう。

ゴンザレスさんはそのインタビュー以外にも、メデジンに暮らす人々にパブロ・エスコバルの印象をストレートに訊くという取材をしていた。そこでわかったのは、二〇〇六年に刊行された『南米取材放浪記　ラティーノ・ラティーノ！』（幻冬舎文庫）で垣根涼介さんが言及していたように、やはり地元でのパブロ・エスコバルの評判は悪くなく、いまでも多くの人々に愛されている事実である。麻薬王はコカイン・ビジネスで得た利益で貧困地区に住宅を建造し、下水道を完備させ、子供たちが通える学校を作った。こうした慈善事業の恩恵を受けた人々は、パブロ・エスコバルを決して犯罪者呼ばわりしない。

その一方、同じ街で一九九〇年代にメデジン・カルテルと戦った警察官は、衝撃的な内容を口にする。彼によれば、百五十八人いた同僚のうち、銃撃戦の日々を生き延びたのは彼自身をふくめてわずか三人にすぎない。

「愛は十倍に、憎悪は百倍にして返せばいい」――古いアンティオキアの歌として『ゆりかごで眠れ』の作中で紹介されるフレーズの真の意味が、メデジンの警察官の人生には深く刻まれていた。

しかし、どこにも出口のない、暗黒に覆われた街にすら、つかのまの美しさを見出してしまうのが人間の性《さが》である。それは昔の日本人が〈無常〉と呼んだ感覚なのかもしれない。十七歳のリキが眺めたメデジンの光景を本作から引用しよう。

「落日の瞬間、マンリケの高台から望むメデジンの市街は、血の滲むような夕陽の照り返しを受けて、鮮やかな山吹《やまぶき》色に染まる。無数の悪魔が蠢《うごめ》き、暴力と貧困が支配するこの街に、遠くから教会の鐘が高らかに響き渡り、一瞬だけ神々の祝祭が訪れる」

――『ゆりかごで眠れ』のタイトルを象徴するような美しい描写ではないだろうか。

昨今のニュースを見れば、世界は相変わらず「深夜に降る霧雨のように無慈悲で、冷たい」ままだ。とはいえ、すべてが悪い方向に進んでいるわけでもない。コロンビアの都市部は治安を取り戻し、首都ボゴタで防弾ガラスの話題を出そうものなら笑われるそうだし、第二の都市メデジンでも犬を連れて散歩できるほどになった。さすがに夜中の一人歩きは推奨されないにせよ、隣国ベネズエラと比較すれば圧倒的に治安が良いという。

本作では二〇〇五年の東京も重要な舞台になっているが、この二十年あまりで東京の景色もずいぶん変わった。〈新宿コマ劇場〉は解体され、〈としまえん〉も閉園している。個人的には、作中で描かれる歌舞伎町のマクドナルドが本当に懐かしい。夜の街を凝縮したような客層の店内で、深夜によくコーヒーを飲んだ思い出がある。この店舗も現存せず、そもそも灰皿のあるマクドナルドがもうどこにもない。ゼロ年代半ばの新宿にタイムスリップできるのは、私にとって『ゆりかごで眠れ』を読む楽しみ方の一つである。

今年七月、第百六十九回直木賞選考会が行われ、垣根涼介さんの『極楽征夷大将軍』（文藝春秋）と永井紗耶子さんの『木挽町のあだ討ち』（新潮社）の二作が受賞作に選ばれた。

余談になってしまうが、麻薬問題を告発する世界屈指のジャーナリスト、ロベルト・サヴィアーノは、著書『コカイン　ゼロゼロゼロ』（関口英子／中島知子訳　河出書房新社）のなかで、麻薬カルテルがのさばっているメキシコの現状をこう批判している。「さながら中世ヨーロッパの封建社会か、サムライやショーグンの時代の日本か、シェークスピア悲劇の舞台のようだ」と。

本作でナルコの闇を描いた垣根涼介さんが、サヴィアーノによってナルコが跋扈《ばっこ》する社会のメタファーとされた「ショーグンの時代の日本」、まさにそのものを舞台にした『極楽征夷大将軍』で直木賞を受賞されたのには、作品のテーマこそまったく異なれど、そしてタイトル上の偶然にすぎないとしても、ラテンアメリカとの不思議な縁が感じられる。

私の頭に浮かぶのは「世界は一枚のハンカチ（エル・ムンド・エス・ウン・パニュエロ）」というスペイン語のことわざだ。一見無関係に思える人や事物も、すべてはどこかでつながっている。

新たな装いで書店に並ぶ『ゆりかごで眠れ』の旅立ちと、垣根涼介さんの直木賞受賞を心より祝いたい。

二〇二三年九月

（さとう・きわむ　小説家）

この作品はフィクションであり、登場する人物、団体等は
実在するものとは一切関係ありません。

中公文庫『ゆりかごで眠れ』（下）　二〇〇九年三月刊

中公文庫

ゆりかごで眠《ねむ》れ（下《げ》）
――新装版《しんそうばん》

2009年3月25日　初版発行
2024年1月25日　改版発行

著　者　垣《かき》根《ね》涼介《りょうすけ》

発行者　安部 順一

発行所　中央公論新社
〒100-8152　東京都千代田区大手町1-7-1
電話　販売 03-5299-1730　編集 03-5299-1890
URL https://www.chuko.co.jp/

ＤＴＰ　ハンズ・ミケ
印　刷　三晃印刷
製　本　小泉製本

Published by CHUOKORON-SHINSHA, INC.
Printed in Japan　ISBN978-4-12-207463-7 C1193

垣根涼介の本

人生教習所（上・下）

新聞に不思議な広告が掲載された。「人間再生セミナー小笠原塾」。最終合格者には必ず就職先が斡旋されるという。再起をかけて集まってきた人生の「落ちこぼれ」たちは、はるか小笠原諸島へ旅立つ！　迷える大人たちに贈る、新たなエール小説。

中公文庫